新潮文庫

主命にござる

池波正太郎　松本清張　藤沢周平
神坂次郎　滝口康彦　山田風太郎　著
縄田一男 編

目次

主命にござる

錯乱

池波正太郎

池波正太郎（いけなみ・しょうたろう）

一九二三年、東京・浅草生れ。小学校を卒業後、株式仲買店に勤める。戦後、東京都の職員となり、下谷区役所等に勤務。長谷川伸の門下に入り、新国劇の脚本・演出を担当。六〇年「錯乱」で直木賞受賞。『鬼平犯科帳』『剣客商売』『仕掛人・藤枝梅安』の三大人気シリーズをはじめ、膨大な作品群が絶大な人気を博す。九〇年、急性白血病で死去。

乱錯

一

堀平五郎手製の将棋の駒《こま》は、風変りなものである。

材も桜だし、形も大ぶりで重味厚味も相当なものだ。

「諸事円満な平五郎なのに、あのようなひねくれたものを拵《こしら》えるというのが、どうもわからぬ。一組差し上げるといわれ、もろうてはきたが……どうも、差しにくくてなあ」などと噂《うわさ》もされる。

「武骨な手でする細工ゆえ、どうしても、あのようなものに出来上ってしまうので……」

と、平五郎は苦笑していた。

元和《げんな》八年（一六二二年）に、藩祖の真田《さなだ》信幸《のぶゆき》が、この松代《まつしろ》へ転封して来てから、領内では、とみに囲碁将棋がさかんになった。

信幸は一年前に家督を一子信政にゆずり、城外柴村《しばむら》へ隠居し、一当斎《いっとうさい》と号している。

嘗《かつ》て徳川家康に従い、京に居た頃、本因坊に先の手合だったというし、将棋も下手ではない信幸であった。

そういうわけで藩士のほとんどが棋道をたしなむ。堀平五郎が駒造りの道楽をもっていても別にどうということはあるまい。

平五郎は馬廻《うままわり》をつとめていて、俸禄《ほうろく》は百石。勤務の上では失敗も皆無だが際立《きわだ》った才能を示すということもない。その点では平凡で目立たぬ男だが、人づき合いは無類であった。上は藩主から下は足軽小者に至るまで、悪意敵意というものの一片をも持たれたことがないと言ってよい。

逆境にある者へは親切をつくし、成功の人へは祝福を投げかける。

よく肥えた尨犬《むくいぬ》が陽だまりに寝そべっていて、おのれの餌《えさ》を盗み喰いする野良猫《のらねこ》を寛容に優しく見まもっているような……そんな感じがする堀平五郎なのだ。

「親父《おやじ》の主膳《しゆぜん》もよく出来た男であったが、息子はそれに輪をかけた好人物じゃ」

と、藩の古老達は言う。

大殿と呼ばれている真田信幸も、いたく平五郎が気に入り、時折、柴村へ呼んで将棋の相手をさせる。

勝負事の上で、勝っても負けても、平五郎ほど快い後味を残してくれるものは藩中にもいまい。誰も彼も、平五郎と盤を囲むことを好んだ。

明暦四年(一六五八年)一月二十七日のことであったが……。ちょうど平五郎は非番で、庭の一隅に設けた三坪ほどの狭い離れに朝からこもり、例のごとく将棋の駒を造っていた。

切ったり削ったり、駒に彫り込んだ文字に漆をさしたり、ときどき手を休めては煙草《たばこ》をくゆらしたり、陽光が眩《まぶ》しい雪の庭を眺めたりして、閑暇を余念なく享受《きょうじゅ》していた。

その日も昼飯の時刻というころになって、静かな雪晴れの城下町が騒然となった。

現藩主の真田内記信政が卒倒したのだ。中風《ちゅうぶう》であった。

この知らせを平五郎は妻の久仁《くに》から受けた。

「一大事にございます。あなた、殿様がつい先程、御殿の御廊下で……」

緊張した妻の声を背に聞きつつ、細工の手を止めた堀平五郎の眼に、異様な、鋭い光が走った。

それも一瞬のことである。久仁へ振り向いたときの平五郎の眼は、君主の病状を気づかう動揺に、おろおろと瞬《また》かれていたのだ。

「大事にならぬとよいのだがな、大事に……」

久仁に手つだわせて、登城の身仕度にかかりつつ、平五郎は何度もつぶやいた。

「はい。はい……」

久仁は忙《せわ》しなく良人《おっと》の身の廻りにはたらいた。袴《はかま》の紐《ひも》を結びにかかる彼女のむっちりした指が震えていた。

寅之助《とらのすけ》という八歳の息子がいる平五郎と久仁は、まず過不足のない円満な夫婦であった。

真田信政は、卒倒後三日目の夜に、遺言状を娘の於寿々《おすず》へ口述し、二月五日に歿《ぼっ》した。

信政の死が公式に発表されたのは、死後五日目になってからだ。松代藩の動きは慎重をきわめた。

城下全体が、次に来《きた》るべきものを予測して陰鬱《いんうつ》な緊張に包まれた。

信政が重臣達にあてた遺書の文面には、ただならぬ焦躁《しょうそう》と不安がみなぎっている。

信政は、自分の後を継ぐべき愛児右衛門佐《うえもんのすけ》に、恐るべき魔手が差しのばされるであろうことを予知していたものと思われる。

幕府老中にあてた〔こんど、ふりよにわづらひいたし、あひはて候《さうらふ》……〕から始まる書状には、愛児へ家督が無事に許可されるようにと、切なげな父性の愛をあからさまして嘆願しているのだ。

信政には長男信就《のぶなり》がいるのだが、これは故《ゆえ》あって前将軍家光の勘気を受け、蟄居《ちっきょ》の身なので、家督するわけにはいかない。あとは右衛門佐が只一《ただ》人の男子であった。だが右衛門佐は庶子である上に、まだ二歳の幼児にすぎない。自分がこうも早く死ぬとは夢にも考えていなかった信政は、右衛門佐の出生を幕府に届け出ることも怠っていたのだ。当時は制度の上で、この点がやかましくなかったためもある。それに六十一にもなってからの子供だけに、信政としてはきまりがわるかったということもあろう。

それはともかく、死の床にある信政を悩ませたのは、分家の沼田を領している甥《おい》の伊賀守信利《いがのかみのぶとし》のことであった。

真田信利は、信政の亡兄信吉《のぶよし》の妾腹《しょうふく》の子だ。彼は母の慶寿院と利根《とね》郡小川に住み、五千石の捨扶持《すてぶち》で逆境に甘んじていたのだが、祖父信幸の隠居、叔父信政の松代転封によって、一躍、叔父の領地三万石を襲うことができたのである。

信利は後年、暗黒政治を行って取潰《とりつぶ》しを食う羽目になったほどだから、虚飾享楽への欲望が熾烈《しれつ》であった。

信政はこれを熟知していた。

この暴君型の甥が、自分の死後に、本家の松代十万石を狙《ねら》って牙《きば》を磨《と》ぎにかかることは、信政のみか、心きいた家老たちの、先《ま》ず念頭に浮ぶことであった。何故《なぜ》なら伊賀守信利は強力な背景を持っていたからである。

信利の亡父信吉の夫人は酒井《さかい》忠世《ただよ》の娘だ。

そして、当今「下馬《げば》将軍」と称されて幕閣に権勢をふるう老中筆頭の酒井忠清《ただきよ》は、忠世の孫に当る。だから忠清にとって信利は、義理の従弟《いとこ》ということになるのだ。同時に、忠清は自分の正室の妹を、信利に嫁がせている。

信利が酒井の権勢に取り入り、この背景を大切にしていることは判然たるものがあった。

将軍あっての大名である。酒井忠清を中心に動く幕府の圧力が加われば、年齢の上で不利な右衛門佐の家督相続はにぎりつぶされかねない。

信利自身にしても、幼年であるから無理だという祖父信幸の指図により、亡父の領地を叔父信政にゆずらざるを得なかったのではないか。

しかし結局、信幸は本家を信政にあたえ、分家を成人した信利にゆずりわたしたのだが、こうした祖父の慎重な配慮を、むしろ信利は恨んでいた。

「おれだとて幼年ゆえに叔父へゆずったのだ。赤子の右衛門佐に代って、おれが松代を領するに何の不思議がある」

と、信利は叫んだ。

内記信政は、父信幸に対して何の遺言も残していない。本家松代を継がせてもらったのが六十歳になってからだという不満をもち、信政は父信幸に反感をつのらせたまま死んでいったのだろう。

「内記め。わしには一言も置いてゆかなんだわい。そういうところがあれの凡庸なところなのじゃ――」

信幸は柴村の隠居所に在って、寵臣《ちょうしん》・師岡治助《もろおかじすけ》にのみ、にがにがしく、こう洩《も》らした。

治助は柴村から退出して、堀邸を訪れ、この言葉を平五郎に告げた。

「何しろ沼田（信利）は酒井の力をたのんでいる。これに太刀打出来るのは大殿のみなのだからな。大殿のお怒りは、もっともなことだと、おれは思う」

治助は嘆息した。

平五郎と治助は、棋道や酒の上にも仲がよく、屋敷も隣り合っていて妻女同士の交際もこまやかなものがある。

「師岡殿。いまの大殿の胸のうちは、どうなのだろうか？」

「わからん。奥に閉じこもられたままだ。おそらく重臣連中の報告を待っておられるのだろうよ」と治助は、長いくびを振り振り、「いずれにしてもだ。あの高齢で、しかもせっかく気楽な御身となられたのに、この騒ぎだ。おいたわしくてならぬよ」

真田信幸は今年九十三歳になる。僅《わず》かに残る白髪も結びもせずに首へ流し、骨格たくましかった長身の背も丸くなり、くぼんだ細い眼には、底深い慈愛が静かに湛《たた》えられている。

「こうなると、おれも当分は御相手にもあがれまい。側《そば》近く仕えるおぬしから、大殿の御様子を聞くのを心待ちにしているぞ」

治助の手を握りしめ、平五郎は涙ぐんで言った。

「わかった。平五郎にならば何でも安心して、打ちあけられるからなあ」

隠居に当り、信幸が柴村への出仕を命じた側近五十名のうちに師岡治助はいたが、平五郎は大半の藩士と共に、新藩主信政に仕えていたのだ。

「そちのような快《よ》い男を、わしが一人占めにしては家中のものが気の毒じゃ」と、信幸は平五郎に洩らした。

将棋の相手をするときには、柴村から城中へ、平五郎の呼出しがかかるのであった。

治助が平五郎を訪れた翌日に、重臣たちの秘密会議が行われ、深夜に至った。平五郎は当番で五ツ刻《どき》（午後八時）まで城に詰め、交替して退出した。

このところ暖日つづきで、雪は融《と》けている。

保基谷《ほきや》・高遠《たかとお》の山脈《やまなみ》のふところにあって、西北に千曲《ちくま》川と善光寺平《だいら》をのぞむ松代の城下町は、信濃《しなの》でも雪の浅いところだ。

提燈《ちょうちん》を持って先に立つ中間《ちゅうげん》と若党にはさまれ、平五郎は大手前の道を紺屋町へ出た。

このとき、突然、小路から現れた酔漢が平五郎に突き当った。問屋場の博労《ばくろう》らしい。酒臭かった。

「無礼者！」

平五郎は大喝した。同時に博労は平五郎に胸倉を摑《つか》まれ、猛烈に引き擦り廻されたあげく、肩にかつがれて厭《いや》というほど地面に叩《たた》きつけられた。

「ぎゃっ……」

博労は失心した。

（ふだんの旦那《だんな》様なら笑って済まされるところなのだが……）

若党と中間が、今まで眼にしたこともない主人の荒々しい所業にびっくりしていると、平五郎が言った。

「気がたかぶっているのでな……つい手荒くしてしまった」

若党は無理もないと思った。

藩主の死後、城下全体が殺気立っている。

領民にとっても藩主の興廃ひとつで自分達の生活が善くもなり悪くもなるからだ。過去四十余年にわたる真田信幸の善政を誇りに思っている領民たちである。信幸の意志をそのまま踏襲している現在の治政が、もし崩れるような事があってはと、彼等は怯《おび》えきっていた。

深沈たる闇《やみ》に蔽《おお》われた城下町からも、こうした空気がひしひしと感じられる。博労の酔態は確かに似つかわしくないものであった。

若党と中間は、重い主人の足音に滅入《めい》りながら、寒い夜の道を歩んだ。

彼らは、主人平五郎が、博労を小突き廻していたほんの短い間に、主人の手が懐中から長さ三寸程の細い竹筒を出し、これを博労の手に握らせたことなどは、全く思ってもみなかったろう。

その竹筒の中には、何枚もの薄紙に平五郎自筆の細字で認《したた》められた密書が巻き込まれてあった。

密書を受け取った博労は、老中・酒井忠清から、新たに松代へ派遣された密偵である。

二

平五郎の父・堀主膳も幕府の意を体した酒井家が、真田家へ潜入させた隠密《おんみつ》であった。

主膳は、もと武州忍《おし》の城主・阿部侯に仕えていたのだそうだ。浪人中に、武州熊谷《くまがや》を通過した際、たまたま群盗に襲われ、十余人の盗賊共の右の拳《こぶし》を一人残らず斬《き》り落して懲《こ》らしめたことがあったという。

酒井家では、わざと遠廻しに伝手《つて》を求めさせ、真田信幸の亡妻小松の実家である本多家を通じて、真田家へ仕官させるようにした。元和七年のことである。

翌年、主膳は新婚の妻勢津《せつ》と共に、主人信幸の転封に従い、上田から松代へ移った。以来二十余年のうちに夫婦は平五郎とりつの二子をもうけた。主膳は、平五郎が二十四歳の夏に五十八歳で死去した。

平五郎は、家名俸禄《ほうろく》と一緒に、父の秘密の任務をも継承することになった。

徳川の譜代大名のうちでも重要な位置をしめ、代々政治も中枢《ちゅうすう》にあって権勢をたくましゅうしていた酒井家と自分との関係について、主膳は何故か、平五郎にもくわし

く語ろうとしなかった。しかし、

「父が今日生き永らえてあるのは酒井侯あってのことだ。われらが忠節をつくすのは真田家ではなく、酒井家であるということを、ゆめゆめ忘れるなよ」

と、これだけは生前にくどいほど念を押した。何か深刻な事情があったものらしい。

また主膳は、前もって周到に息子への教育をほどこしていた。

再び日本の国土を戦火に侵させぬためには、徳川将軍の政治が諸国大名の隅々まで行きわたらねばならないこと。戦国の世に大名たちが行った権謀術数が如何《いか》に陰惨苛《か》烈《れつ》なものであったか……。

故にこそ、表面は幕府に従属している大名たちの心魂には計り知れぬものが潜んでいるだろうことを、こんこんと平五郎の頭に叩き込んであった。

父が、十八歳の息子に隠密の任務を伝えたのは、城下東にある奇妙《きみよう》山の山林の中であった。

以前から平五郎は父の供をして、よくこの山へ鹿《しか》を狩りに来ていた。

「今日は狩りに来たのではない。今のうちに、ぜひお前に話しておかねばならぬことがあるのだ」

「何のことでしょうか？」

父は注意深く息子の表情の動きを見守りながら語りはじめた。

寂静《じゃくじょう》とした雪の山林であった。

焚火《たきび》の暖かさも、冷えた弁当を頬張ることも忘れて、平五郎は緊張に蒼《あお》ざめ、父の声に聞き入った。

「当真田家は、大坂の陣に父昌幸《まさゆき》公、弟幸村公を豊臣方へ廻し、殿は、信幸公は冷然と大御所に従った。諸大名のうちでも、ことのほか一族の結集が固く、骨肉の情も深い真田家であったのにな。これはな、平五。——豊臣か徳川か、どちらが負けても、真田の血が消え絶えぬように、親子兄弟が敵味方に分れたのかも知れぬ」

その疑惑の芽は、今も幕府にぬぐい切れぬ不安と、恐怖すら抱かせている。

家康の歿後《ぼつご》、信幸を実り豊かな上田領内から松代へ転封させたのも、その治政の優秀と財力の蓄積を殺《そ》ぐためであった。この他《ほか》にも種々厭がらせをして、幕府は信幸の心底を計ろうと試みたが、信幸は賢明に冷静に、逆らうことなく温順な身の処し方をしてきている。それがまた一層、幕府の警戒心をそそるのだ。

主膳は、こうした幕府の微妙な立場には余りふれなかったが、こんな挿話を平五郎に語った。

「わしが当家へ仕えるようになった三年ほど前のことなのだが、殿の家来で馬場 某《なにがし》というのが殿から罰を受けたのを恨み、逃亡して殿を幕府に訴え出たことがあったようだ」

「何のために罰を……？」

「女をだな、酒に酔って辱《はずか》しめたのだ」

主膳は眼を閉じ、むしろ口惜しげに言った。

「殿は先ず領民のことが第一。次が家来ということでな、その辺は、まことに立派なものだ」

馬場某の訴えというのは、大坂の戦《いくさ》の折に、信幸が豊臣方の父や弟と気脈を通じていたという例証をあげての訴えであった。幕府は色めきたった。事実はどうでもよい。この機会に口実をつけて真田を取潰してしまえということになり、あらゆる謀略をもって、信幸を陥《おとしい》れようとかかった。

しかし、どうにもならなかった。信幸はびくともしない。密偵をつかって裏づけの素材を得ようとしても、その一片だに信幸は拾わせてくれなかったのである。老中の詰問《きつもん》にも信幸の家老は堂々と応《こた》え切り抜けた。何とも仕方がなくなり、幕府は馬場某を追放せざるを得なかった。

信幸は、他国へ逃げた馬場某を、巧妙に上田城下へ誘《おび》き寄せて抹殺《まっさつ》してしまっている。

（そんなことがあったのか……）

と、平五郎は生唾《なまつば》を何度ものみ込んだ。

「よくよく考えてみい。信幸公は父も弟も徳川の手に殺されているのだ。お前どうだ？……父が他人に殺されたら、その相手の家来になれるか？」

「なれませぬ」

「ふむ。そうであろう。だからな……殿の腹の底は予知し得ぬ凄味《すごみ》をもっておる。人間というものはな、平五。いかな人間といえども必ず一点の油断はあるものだ。公儀があれほどに手をつくしてさぐりを深めても、一毛の隙《すき》さえ見出《みいだ》せなかったというのは……まことに殿は恐ろしいお方だと、わしは思う」

父は絶対的な存在であった。

平五郎は忍耐を日常茶飯のこととすべく、苛酷なまでの訓育を心身に受けていた。蔭《かげ》へ廻って可愛《かわい》がってくれる母親の愛がなかったら、父を憎悪《ぞうお》したことだろう。

父も、母のすることには見て見ないふりをしていたようだ。

「私も、私の子に、この任務を伝えるのですか？」

「それは酒井侯か幕府の指令によってだ。お前にもやがて、何かと指令が来るだろう。

とにかくお前は、真田の臣として妻を迎えればよい」

　そして主膳は厳命した。

「今日のことについては、母や姉にも他言は無用ぞ。よいか！」

　積雪の山を降《くだ》るときに、常になく疲労した平五郎は鉄砲の重さに耐えかねた。

　苦しげな荒い呼吸を吐き、冷たい汗が全身に粘りついた。

「疲れたのか？……よし。鉄砲をよこせ」

　何時《いつ》もなら叱咤《しった》する父も、このときばかりは黙然と労《いたわ》ってくれたものである。

　姉のりつが本多家の臣へ嫁ぎ、江戸へ去った正保《しょうほう》三年（一六四六年）の春に、平五郎は、祐筆《ゆうひつ》の白川寛之助の娘久仁と夫婦になった。父主膳が選んだ妻であった。

　久仁は、信幸の側近く仕えていた女だ。主膳の眼のつけどころにも成程とうなずけるものがある。

　翌年の夏。

　主膳は死の床にあって、人払いの後に平五郎を呼び寄せ、

「わしもそうだったが、お前もそうなるのだ」

「は……？」

「われらの仕事は、一口に隠密と言うても甲賀伊賀の忍者がすることとは大分違う。

術をもって任務を行い、その成否の如何《いかん》にかかわらず、姿を消すということなら、まだ容易なことだ。お前は何年も、或《あ》るいは何十年も敵地にとどまっていなくてはならぬ」

「承知しております」

「口では言えるがなあ……」

主膳は慈父の感情をむき出しにして、息子を凝視した。

平五郎は父の涙を生まれて初めて見た。

「笑いを絶やすな。どんな人間にも、お前の人柄を好まれるようにしろ。何事にも出しゃばるなよ。他人の妬《ねた》みを受けてはならん。どの人間からも胸のうちを打ち明けられるほどの男になり終《おお》せるのだ。よいか……よいなあ」

「はい」

「いささかの失敗《しくじり》もしてはならぬ。お前が当家を追われるようなことになったら、父の苦心も泡沫《うたかた》となる」

鉛色の痩《や》せた腕を伸べ、主膳は平五郎の肩をわなわなと摑み、むしろ威《おど》すように、低く言った。

「いかに苦しくとも逃げようと思うな。そう思うたときこそ、お前の命が絶たれるときだぞ」

「はい」

「うむ……」

主膳はうなずいた。

庭の木立からの降るような蟬《せみ》の声が息苦しい父子の沈黙の中に浮き上ってきた。

主膳の双眸《そうぼう》が、ぐったりとうるんだ。

「平五郎。そういう人間になることは、切なくて、それは淋《さび》しいものだぞ。覚悟しておけいよ」

三

父が歿した年の秋――平五郎が公用で、城下の西二里ほどの矢代宿本陣へ、騎馬で出向いたときのことである。

用を済ませ、彼は単身、帰途についた。

にわか雨に笠《かさ》も衣服も濡《ぬ》らし、平五郎は馬を急がせた。

妻女山《さいじょ》の山裾《やますそ》を岩野村附近まで来たとき、平五郎は、街道に沿った疎林《そりん》のあたりに人の唸《うな》り声を聞いた。

「……？」

街道の左は千曲川だ。彼方《かなた》にひろがる善光寺平の耕地も夕闇《ゆうやみ》に呑《の》まれようとしている。人気は全くなかった。

「誰だ？　何をしている？」

朴《ほお》の木の下に旅の僧が蹲《うずくま》っていた。老人らしい。

「怪我《けが》でもしたか？」と、平五郎は馬上から声をかけた。

「む……は、腹をいためましてござる」

僧は、とぎれとぎれに答えた。

下馬した平五郎は印籠《いんろう》を外して、旅僧に近寄った。

「薬をあげよう。さ……」

平五郎が僧の肩に手をかけたとき、笠をかぶったまま、ゆっくりとこちらを見上げた老僧が、かねて亡父主膳から教えられていた合詞《あいことば》を囁《ささや》いたのには、さすがの平五郎も、ぎょっとした。

僧は、次に銅製の小さな矢立を出して見せた。墨壺《すみつぼ》の頂点に蝸牛《かたつむり》の図が彫ってある。

これも亡父の指示と相違はない。

旅僧は、酒井家と平五郎との連絡と共に、平五郎監視の任務をも帯びているわけだ。

「遺漏なくおつとめか?」

旅僧は口を寄せて訊《き》いた。

息が生ぐさかった。平五郎はうなずいた。

僧は、かなり永い間、平五郎を注視していた。死魚の眼のように不気味でいて、しかも鋭い眼であった。

以来……この旅僧以外の何人もの密偵と、平五郎は交渉をもつことになる。

連絡は何時も向うから来た。

彼らの出没は巧妙をきわめた。

新規召抱えになった侍や、城下へ流れ込む商人、旅人、渡り中間《ちゅうげん》にまで平五郎は気を許せなかった。何時何処《どこ》で、酒井の密偵が自分を監視しているか知れたものではない。

円満謙虚、しかも凡庸な人格を粧《よそお》うことに寸秒の怠りも許されぬ堀平五郎の人生が始まった。これは孤独の挑戦に、只一人で立ち向うということであった。

やがて母が歿した。

母は一体、父の秘密を知っていたのだろうか。知っていたようでもあるし、知らぬようでもあった。父が浪人中に嫁いだ母の勢津は、その素姓についても多く語らず、平五郎もまた尋ねようとはしなかった。

母子の間には一種不思議な黙契が醸《かも》されていたようである。

そのうちに、これという理由もなく、平五郎は将棋の駒造りに熱中するようになっていた。

彼の造った駒は、わずかに今も残っている。不細工ながら実に丹念なもので、彫り込んだ文字にも製作者の愛情が滲《にじ》んでいる。駒の表面が、やや脹《ふく》らみを帯びているのも味わいがある。

平五郎の碁将棋への素質は亡父から仕込まれた。棋道盛んな松代の藩士のみか、城下の豪商達のうちからも情報を得るための手段の一つであった。

しかし平五郎は、たった一つ自分に許されたこの道の興趣をひそかに楽しんだ。駒造りを始めたのは深慮遠謀があってのことではない。

独り黙々と細工に興じているときこそ、彼はすべてを駒に托《たく》し、楽々と無心になれたのであろうか。

歳月は流れた。平五郎は隠密の鉄の鎧《よろい》を着つづけ偽装に耐えることに馴れた。孤独な心身の鬱積《うっせき》をも無意識のうちに、これを習慣と化し、順応する術《すべ》を体得した。

「五年だな。五年たてば苦しみも時にはまぎれてくれよう。それまでにお前が失策を仕出かさなければ、むしろ新たな喜びをさえ得ることができるであろう」

亡父のこの言葉を、平五郎は想起した。

少年の頃、父に「武士の心得だ」と言われて、十日の絶食を強要されたり、太股《ふともも》に発した腫物《はれもの》を平五郎自身の手に小柄《こづか》を握らせ、「自分でやってみよ。やれい！」と切開させられたこともある。脂汗《あぶらあせ》をしたたらせつつ、まだ前髪の息子が両手を血膿《ちうみ》だらけにして、おのが皮を、肉を切り裂いている姿を、父は冷然と見守っていたものだ。

こうした亡父の訓育は、年ごとに実っていった。

政治に経済に、真田家の全貌《ぜんぼう》が徐々に平五郎の前へ姿を現してくるのである。

わが探偵によって未知の世界をつかみとって行くという刺激は、平五郎に歓喜の戦《せん》慄《りつ》をすら与えてくれた。

平五郎は妻の久仁に、決して気を許さなかったが、だからといって彼女を愛さなかったわけではない。久仁に与える愛撫《あいぶ》の手は、信幸気に入りの侍女だった久仁を通じて、信幸の私生活や、彼女が見聞した御殿での記憶を手繰《たぐ》り寄せるために働いたけれども、同時に、甘やかな女を開花した久仁の愛情を受け、これを彼女へ返すのに、平五郎はやぶさかではなかった。

表裏二面を合せ持った夫婦生活が、それゆえに円満でないということにはなるまい。環境や立場の違いはあっても夫婦というものの本性に変りはないのだ。平五郎が内蔵している秘密も、夫婦という、見様によっては単純な人間関係にあって、別に支障とはならなかったようである。それと同じに、一子寅之助に対して、平五郎は温厚な、よき父親であったのだ。

平五郎が密偵に托して酒井忠清に送った報告書が、幕府や酒井にどんな影響をあたえたかは、元より平五郎の知るところではない。だが平五郎は今更ながら、真田伊豆守信幸という大名に驚嘆せざるを得なかった。大名勢力の減殺《げんさい》を常に狙《ねら》っている幕府が付け入る一点の間隙《かんげき》もなかった。

寛永の頃に、酒井忠清の祖父忠世が「真田家の兵法は如何《いかが》?」と尋ねたところ、「家来領民を不憫《ふびん》に思い、万事に礼儀正しくあることが兵法の要領だと心得ます。士卒も領民も下知《げじ》命令計《ばか》りでは励まぬもの故《ゆえ》、金銀を快くつかわした上での下知命令でなくてはなりませぬ」と応じた信幸の治政は、この言葉のままに、藩士と領民の結束愛慕を得ている。

信幸は質素で厳然たる自らの日常を、決して崩そうとはしなかった。

信幸が一個の人間としての欲求や本能を拒否し、治政に立ち向っている姿は、立場こそ違え、我身とひきくらべて、平五郎に共感を呼ぶ。共感は愛情に連繫《れんけい》する。
(父と弟を亡《ほろ》ぼした権力に追従しつつ、尚《なお》も領国と人心の興隆に力をかたむけている
ということは……。その底に潜むものが無いと言い切れるか!)
懸命に、平五郎は、天下動乱を策している武将として信幸を見ることに努めた。島
原の叛乱《はんらん》のこともある。慶安四年(一六五一年)に発覚した由比正雪《ゆいしょうせつ》の倒幕陰謀事件
は、まだ記憶に生なましかった。
真田信幸が上田から松代へ密《ひそ》かに運んだ金は二十余万両といわれている。これは亡
父の調査によって判然していたが、平五郎は、この莫大《ばくだい》な数字をはるかに上廻るもの
が隠されていることを感得していた。これが明確となったとき、信利を擁して真田家
に喙《くちばし》を入れようとする酒井忠清の意思は、更に搔《か》き立てられるだろう。
平五郎は事実の裏づけに熱中した。点々たる情報をない合せ、一つの網にまとめて
行く苦労は、隠密としての誇りに密接している。
(今に見ておれ。殿もおれには兜《かぶと》を脱ぐことになるのだ)
毛程の油断も見せようとはしない信幸だけに、平五郎の闘志は倍加した。
隠密がもつ不可解な情熱を、ようやく平五郎は身につけたようだ。
真田信政が、松代の領主になると、すぐに酒井から指令が来た。右衛門佐の出生に

ついて調べよというのである。

真田家からの出生届出はなくとも、酒井が、これ位のことを探知するに手間暇は要らなかった。

右衛門佐の母は、江戸藩邸につとめる高橋某の女《むすめ》ということになっているが、あまりに信政が老齢なので疑惑をもたれたらしい。

わざと長男信就の勘気を解かず、行く行くは信政の跡目を沼田の信利に獲得させようと考えている酒井忠清だ。甥《おい》の信利を厭《いと》う信政の心事を推測して疑いをもったのもうなずけることであった。

(では誰の子か、右衛門佐は……?)

信政の死は、酒井からの急激な督促を平五郎にもたらしたのである。

明暦四年二月十三日——信政の死後八日目となり、信政に従って来た沼田派と、信幸の家来であった松代派との協議がようやく成立した。両派の家老・大熊正左衛門、小山田采女《うねめ》他五名の重臣が、柴村の隠居所へ報告におもむいた。

すなわち、真田家存続のためには、信政の遺言通り、右衛門佐をもって跡目相続をさせるべきであるとの結論に達したからだ。

暴君型の信利に松代十万石を委《ゆだ》ねるには、沼田派といえども二の足を踏んだわけだ。こうなると幕府に対して、まだ睨《にら》みがきく隠居信幸が頼みの綱であった。重臣達は、父信幸へ遺言すら残していかなかった信政を、むしろ恨めしく思った。

ちなみに、信幸の隠居願は過去十余年にわたって幕府から突き返されている。〔伊《い》豆守《ずのかみ》は天下の飾りであるから隠退はまだ早い〕などと煽《おだ》ててきてはいるが、その真意はどんなものであったろうか。

信幸は、家老達の決意を聞くと、

「ふむ……そこまで、おぬし達は心をまとめ合《お》うたか」と、一同を見廻し、満足そうにうなずいた。

「こういうときには、得てして私情に駆られ、下らぬ面子《めんつ》にとらわれて力が粉々に分れ、騒動を引き起す因をなすものじゃが……さすがに、おぬし達じゃ」

沼田派といい松代派といい、昔はいずれも、信幸が手塩にかけた家来たちである。

息信政が松代へ来て以来、何かにつけて両派の反目が、政治の上にも習慣行事の上にもあったものだが、家の大事ともあれば、ともかくも力を合せ、至難な右衛門佐を押し立てようと決議し得たということが、老いた信幸には嬉《うれ》しかった。息子への不快感さえも信幸は忘れた。

信幸は、すぐに酒井忠清はじめ四人の老中へ〔信政今度《こたび》不慮に相果て申候《さうらふ》。伜《せがれ》右衛門佐幼少に御座候へ共、跡式の儀、仰《おほ》せつけられ候様、各様《おのおのさま》へ願上げ奉《たてまつり》候……〕と書状をしたため、同時に親類に当る内藤《ないとう》・高力《こうりき》の両家へも尽力を請《こ》うための依頼状を書き、加えて江戸家老の木村土佐へ家督相続許可に漕《こ》ぎつけるための運動を指示した。出費は惜しむなというのである。

信幸の命を受けて、小山田采女をふくめた五人の使者が松代を発《た》ったのは十五日の未明であった。

一行は十九日に江戸着。藩邸で打合せを済ますと、すぐに、信幸の外孫に当る肥前《ひぜん》島原《しまばら》の城主・高力左近太夫隆長《さこんだゆうたかなが》邸へおもむき、信幸の書状を渡し、協力を請願した。

高力隆長は言を左右にして、五人の使者に会おうとはしなかった。すでに沼田からも酒井忠清からも手が打たれていたのである。

四日間にわたり、多大な贈物を携えて面会を請うたが、玄関払いを喰うばかりだ。

（さては……）

使者たちも藩邸も色めきたったが、ともかく岩城平《いわきたいら》の城主・内藤帯刀《たてわき》の協力を請うことになった。帯刀の三男政亮《まさすけ》の夫人は信幸の孫だ。

帯刀は信幸崇拝者だから、二言はない。すぐに高力邸へ駆けつけてくれた。高力隆

長も今度は面会を拒否するわけにはいかない。出ることは出て来たが、

「私はどこまでも、松代は真田信利の相続するのが正当と存ずる」と突き放してにべもなかった。

老中へ提出した書状の返事として、酒井忠清の臣・矢島九太夫が松代へ到着したのは、三月四日である。

その酒井の返事には……自分としては伊賀守信利に相続させるのが真田家にとって最もよいことだと考えている。しかし、そちらから右衛門佐をという願いも出たことであるし、一応は、その願いも聞き届けられるであろう。とはいうものの一切は上様の決定によることだから、そのつもりでいて頂きたい……という意味のものであった。

中途半端《はんぱ》な廻りくどい文面である。だが、よく見ると酒井の決意は牢固《ろうこ》としていることが看取された。揉《も》めるだけ揉めさせ、後は将軍の名をもって酒井が好き自由な裁断を下せばよいのだ。

将軍家・家綱は宣下《せんげ》して間もない。年も若い。幕政は酒井が掌握している。内心は信幸に好意を持つ老中や大名にも、酒井は懐柔の手を廻しているに違いなかった。

この書状を一読するや、信幸も、

「こりゃ、いかぬわ」

めずらしく憂悶《ゆうもん》の体《てい》を見せた。

「この歳《とし》になって、まだこのような面倒にかかわりあうのか。もう何も彼《か》も面倒じゃ。わしは京へ逃げる。小さな隠れ家でも買《こ》うて、独りのびのびと暮したい。後はどうにも、よいようになれ」

信幸もうんざりしたようである。

老いた肉体に張りつめていた根気も一度に崩れかかったようであった。

「なりませぬ。此処《ここ》で大殿にお手をひかれましては、日本一の領国にしてみせようと、大殿が生涯をおかけ遊ばした真田十万石のすべては、みすみす酒井の餌食《えじき》になるばかりでございます。何とぞ最後の最後まで、お力をつくして頂きたく……」

重臣たちは懸命に請願し、諫止《かんし》した。

信幸も、ようやく気を持ち直し、再び老中にあて懇願の書状を発することになった。

これもまた酒井の無言の威圧を解き得ず、矢島九太夫は酒井からの目附《めつけ》として伊勢《いせ》町の御使者屋に逗留《とうりゅう》し、正式の監視の役目についた。

九太夫と堀平五郎との間に、連絡がつくようになったことはいうまでもない。

四

矢島九太夫が松代へ到着して十日目の午後のことである。

しばらく姿を見せなかった紺屋町の市兵衛が、堀邸を訪れた。市兵衛は五年前から松代城下へ住みつき、漆塗りを職にしている中年男だ。

「もうそろそろ御入用のころではないかと存じまして……」

と、市兵衛は何時ものように庭から廻って、離れへやって来ると、漆を詰めた容器を濡《ぬ》れ縁に置いた。平五郎が駒《こま》に彫った文字に差す漆であった。

「それどころではない。お前も知っての通りなのだからな」

引きこもって読書でもしていたらしい平五郎は鼻毛を引き抜きながら、沈痛にこたえる。

市兵衛はぬたりと笑った。

その笑いようが不快であった。常の市兵衛にはなかった不遜《ふそん》なものがある。

「何が可笑《おか》しい？」

市兵衛は黙って空を仰いだ。

土塀の彼方に遠く山頂をのぞかせている皆神山《みなかみ》の山肌にも、遅い信濃の春が匂《にお》いたってきているようであった。

好晴のつづく空を、鳥が北国へ帰って行くのが毎日のように見られた。

「久しぶりで御相手が叶《かな》いませぬか？」

腐れかかった蜜柑《みかん》に油でもなすったような、毛穴の浮いた脂《あぶら》濃い大きな顔を振り向け、市兵衛が言った。市兵衛も将棋は巧者である。来れば盤に向い合うのが習慣となっていた。

何となく割り切れぬ思いに惑いながら、平五郎は「やってもよいが……」と答えた。

市兵衛は一礼して部屋へ上り、盤と駒を運び出してきた。

久仁が茶を運んで来て、すぐに去った。

早春の陽射《ひざ》しが森閑と庭に満ちている。

二人は駒を並べはじめた。並べながら、市兵衛が何か呟《つぶや》いた。平五郎は、わが耳を疑った。

「……？」

うつむいたまま、もう一度、市兵衛は同じ言葉を呟いた。連絡の密偵と平五郎が交す合詞《あいことば》であった。

市兵衛は何時《いつ》の間にか、例の蝸牛《かたつむり》の矢立を盤上に突き出して見せ、すっと仕舞い込んだ。

（あ‼）

突発的な連絡に馴れ切っていた筈《はず》の平五郎も、このときは寒気がした。

（五年間も、おれは此奴《こやつ》に見張られていたのか……）

口惜《くや》しかった。つき上げてくる激怒を押えきれなかった。

平五郎は、躰《からだ》を伸ばし、いきなり盤越しに、市兵衛の頰を張り撲《なぐ》った。

「や……」

市兵衛は上体をぐらつかせたが、別に怒ろうともせず、また顔を伏せて、

「此度《このたび》、目附として当地に逗留中の矢島九太夫様と貴方《あなた》との連絡をつとめることになりました」

と、声にも乱れなく囁《ささや》いた。

「む……」

さすがに酒井忠清だと、平五郎は思った。

平五郎は、酒井の権力というものに、このとき初めて激しい嫌悪《けんお》をおぼえた。

裏の竹林のあたりで、子供の甲高い気合が聞えた。

一人息子の寅之助だ。若党を相手に木刀でも振って暴れているのだろう。

市兵衛が駒を進めてきた。平五郎も応じた。平五郎は市兵衛を、まだ睨んでいた。

五年も市兵衛に騙《だま》されつづけてきたことへの恥辱に居たたまれない気がした。

(寅だけは……寅之助だけは、おれの後を継がせたくない!!)

今までも時折は漠然と考えていた事だが、今日という今日は、平五郎も暗澹《あんたん》となった。

隠密としての忍従、苦痛はともかく、その人生の一切が権力の命ずるままに動かなくてはならないことを、今やまざまざと見せつけられた思いがする。

(秘命を子に伝えよ)との指令は、まだ来ていない。しかし自分と亡父とのことに照合してみると、寅之助にもそろそろ宿命の訪問がやって来そうに思える。

(そのときがきたら、おれはどうする……おれには到底、父の真似《まね》はできぬ。こんな忌《いま》わしい思いをさせるほどなら、親子三人、他国へ逃亡してもよいわ)

平五郎は勃然《ぼつぜん》たる怒りを懸命に耐えた。

他国へ逃げようとする第一歩を踏み出したが最後、親子三人の命が酒井の刺客によって絶たれることは、誰よりもよく平五郎自身が知っている。

平五郎は駒を進めるのも上の空で、苦悶《くもん》した。

そして、その苦悶の体《てい》さえも市兵衛にさとられることは危険なのである。

やがて市兵衛は、矢島九太夫からの指令と一冊の棋譜とを置いて堀邸を辞した。

指令は前もって命ぜられていた右衛門佐出生の事実を早急に確かめるべく努力せよというものであった。

棋譜は一種の暗号解読書である。これから市兵衛と会うたびに、彼の指す駒の持ち方、進め方……または盤の側面を叩《たた》く駒音の数によって「可」「不可」「時刻」「場所」などや、要領を得た会話すらも可能な仕組になっている。

その夜……平五郎は、暗号のすべてを薄紙に写しとり、これを、覚書隠匿《いんとく》のために細工した将棋盤の脚の内へ隠し込んだ。

棋譜は焼き捨てた。

春も過ぎ、初夏の陽の輝きが善光寺平の耕地に働く農民達の田植唄《たうえうた》を誘う季節となった。

事態は膠着《こうちやく》状態のまま、好転しなかった。

幕府との交渉は、酒井忠清によって巧妙に阻《はば》まれた。

家督の願書は「いずれ上様の御沙汰《ごさた》あるまで……」という名目のもとに、酒井が握っている。

酒井は平五郎の報告を待っているのだ。

右衛門佐の母は、出産後の養生に遺漏あって病歿《びょうぼつ》したということになっているが、それも怪しいと言えないことはない。

江戸の真田藩邸へ潜入している酒井の密偵が集めた情報によると、どうやら右衛門佐は信政の長男信就が、その侍女に生ませたものだという線が浮んできたものらしい。

それが本当なら右衛門佐は信政の孫というわけだ。甥《おい》の信利を嫌い、孫を息子に仕立上げ、これに松代を継がせようと計ったのならば、真田家が将軍を騙したことになる。酒井にとっても、右衛門佐相続をはねつける名目が充分に立つわけであった。

しかし、これは人々の口の端《は》にのぼる噂《うわさ》を掻《か》き集めたものだ。確固たる証拠にはならない。

平五郎も、奥向きの女達や、師岡治助などに周到な探りを入れてみたが、これという収穫を得ることができない。

右衛門佐は江戸に居た。信就は松代城内二の丸御殿奥の居室に住み、日夜、悠然と詩作にふけっている。当年二十五歳だが、無口で芸術家肌の男であった。変人といってもよい。そうした信就だから、前将軍に目通りした際の態度でも咎《とが》められ、勘気をこうむったのであろう。

まさかに信就の前へ出て「あなた様は右衛門佐様の父君ではございませんか」と訊《き》くわけにもいかない。

平五郎も焦《あせ》ってきた。

けれども、いざとなれば酒井も強引に手を下すに違いなかった。

「伊賀守信利をもって家督させよ」

と、将軍の名をもって命ずればよいのである。

そうなれば、しかし面倒なことは面倒であった。

真田家のものが、はなはだ尋常でない覚悟を決めて、酒井の出方を待ちかまえていることは、酒井も平五郎の報告によって承知している。

なるべくならば騒乱を避け、自分の政治力によって、無事に信利を松代の領主にさせたい。

信幸の蓄財数十万両を併せ持つ松代藩を、わが手のごとく自由になる信利に与えることは、酒井忠清にとっても行先が楽しみなことになる。

こうして双方は、睨《にら》み合ったままになった。

端午《たんご》の行事も忘れ果てたほど、城下町は沈痛な雰囲気《ふんいき》に支配されていた。

「毎年、田植どきになりますと、大殿さまは角矢倉《すみやぐら》へおのぼりなされ、千曲川の彼方《かなた》からゆったり流れてくる田植唄を、じいっと何時までも、床几《しょうぎ》におかけ遊ばしたまま、それは嬉しげにお耳をかたむけてございましたのに……今年は百姓たちも田植唄さえ口にせぬそうで……大殿さまも、どんなにお淋しくお思い遊ばすことか……」

久仁は、平五郎に嘆いた。

柴村の丘の上の隠居所は、敷地二千坪ほどのものだが、信幸は、老軀《ろうく》を、その奥深く隠して沈黙に徹している。政治向きのことは重臣たちに任せ切っているようであった。

公務は渋滞なく行われた。領民が迷惑するようなことは決して起きなかったが、かなりの暗闘もくり返された。

故信政が沼田から引き連れて来た家来のうちには、信利の勝利を算盤《そろばん》に弾《はじ》いて、去就を決めかねている者も多い。

また、早くも沼田から松代へ移る折に、信利派と気脈を通じ、前々から松代の動静を沼田へ密告していた者もある。

こうした連中を除き、藩士の約三分の二が、数回にわたる評定《ひょうじょう》の結果、血判連署の誓いをたてた。

「女子供にも明かしてよいとの、重役方の仰《おお》せだから、お前に話すのだが……」

平五郎は、最後の評定が終って帰宅した夜に、寝間へ入ってから、久仁へ言った。

「右衛門佐様家督が許されぬ場合は、伊賀様（信利）が乗り込まれても……又は取潰《とりつぶ》しにおうても、どちらにしても連判状に名を記したものは御公儀に反抗して訴訟を起し、聴き入れられぬときは、城中に於《おい》て、切腹と決まった」

「あなたも、その連判に……」

「むろん加わった」

夫婦は、互いに、互いの面《おもて》に動き閃《ひらめ》くものを読みとろうとしたが、効果はなかった。夫婦とも、紙のような表情を崩そうとはしなかった。

（思ったよりも芯《しん》の強い女だ）

純粋な真田の家臣だったら、平五郎も妻を誇りに思ったことだろう。

しかし、このときの平五郎の胸裡《きょうり》は、悲哀の針に刺し貫かれた。

久仁は久仁でまた、正義と忠節に泰然と殉じようとしている良人だと信じていた。

それだけに女ごころを哀《かな》しくたかぶらせたものか……。

近頃めっきりと、四肢に肉の充《み》ちた久仁は、その夜の平五郎の愛撫《あいぶ》に、激しく応《こた》えた。

五

物憂《ものう》い灰色の雨が城下町にけむる明け暮れとなった。

分家の沼田から伊賀守信利の使者・中沢主水《もんど》が松代へ来たのは、旧暦五月十二日である。

主水は柴村の隠居所へ伺候《しこう》した。

信幸は、侍臣・玉川左門をもって応接せしめた。

「近々、御老中・酒井雅楽頭《うたのかみ》より書状が到着のことと思いますが……」と主水は、主人伊賀守からの言葉であるから、よくお聞きとりの上、御老公へお伝え願いたいと前置きして、滔々《とうとう》とのべたてた。

口頭による伝言である。信幸に対して、こうした非礼をあえて犯す信利や主水に、玉川左門は憤懣《ふんまん》やる方なかったが、聞くだけは聞いた。

信幸の老齢に見きわめをつけきっていることが、こうした分家の高圧的な態度を誘因するのであろう。左門は怒りの哀しさに耐えた。

「公儀の意向は、すでに自分を推挙することに一決した。よって、そちらの方も其心《その》得をもって自分に協力すべきである。もし従わぬとあれば、後になって臍《ほぞ》を噛《か》むことになろう」と言ってきたのだ。

左門は軽蔑《けいべつ》の視線を主水に射つけた。

「御老公の御返事が必要でござるのか」

「申すまでもないこと……」と、主水は胸を張る。

奥へ入った左門は、再び使者の間へ戻り、

「御老公の御言葉でござる」

「は……」

立ちはだかったままの左門に、仕方なく主水も頭を下げた。

「伊豆守信幸を中心に結び合うた真田の心骨は、沼田のもののすべてが承知の筈《はず》である。右衛門佐家督の儀は微少の変動もなし、とのことでござる」

「無駄でござるぞ。伊賀様家督ともなれば万事円満に、御家も潰れず只《ただ》一人の浪人も出すこともなく、伊賀様に受け継がれるのでござる。ここをよく、もう一度お考え……」

「無駄じゃ！」と左門も、きっぱりと押しかぶせた。

憤然と中沢主水が沼田へ引き上げた翌日に、江戸から使者が飛来した。信幸派の親類・内藤帯刀の使者であった。

　帯刀の書状には、絶望的な観測が記されていたものとみえる。

　この際、信幸の力を全面的に殺《そ》ぎとり、松代を信利のものにしておいた方が、公儀政道にとって安全だという酒井忠清の説得を老中が受けいれ、後は将軍の名をもって裁決が下るところまで来たものらしい。

　由比正雪の叛乱《はんらん》事件が起ってから僅《わず》か七年ほどしかたっていない。それだけに幕府も、一騒動覚悟で断を下そうと腹を決めた酒井の説得を了解したのだろう。この内意を知った〔沼田〕が高飛車に言いつのってきたわけも成程わかる。

　信幸は書状を一読し、控えていた師岡治助に言った。

「この書状によれば、もう見込みはない。内藤帯刀も弱気になったぞよ。ふふふ……この際、熟考の上、万全の処置をとられたいと言うてきておる」

「に、憎むべき酒井の専横……」

「待て。これは酒井が、わしを威《おど》しにかかっておるのじゃ。松代のものが城を枕《まくら》に腹切って、是非を天下に問うということになれば、酒井も天下の政事を預かるものとして、不信の箔《はく》を捺《お》されかねまい。じゃからな、酒井が起《た》つときは……」

　信幸は口を噤《つぐ》み、瞑目《めいもく》した。

九十三歳には見えぬ血色と皮膚の張りが自慢だった面貌《めんぼう》も、近頃は窶《やつ》れて、両瞼《りょうまぶた》の皺《しわ》は重く、隈《くま》が浮いている。

「酒井が起つときは、わしを叩き潰す道具の揃《そろ》う見込みがなくなったときじゃ。まだ少しは間があろう」

「なれど、このままでは……」

信幸の居室は、書院傍《わき》の階段を上った中二階風のものである。

今朝から珍しく雨が跡絶《とだ》え、速い雨脚の隙間《すきま》から薄陽もこぼれてくる午後であった。開け放った窓から、庭の栗《くり》の木が穂状の白い小花を房々とつけて、室内の主従二人を覗《のぞ》き込んでいる。

信幸は、何時《いつ》までも、この栗の花に沈思の瞳《ひとみ》をただよわせていた。

そのうちに、信幸の面が見る見る血の色をのぼらせてくるのが、治助にもわかった。

信幸が振り向いた。治助は主人の言葉を待ちかまえた。

「どちらにしても、同じことよ。思いきってやるかの……やって見るより仕方がなかろう」

そして信幸は、こんなことをするのは好まぬのだが、と吐き捨てるように、つけ加えた。

堀平五郎に信幸の呼出しがかかったのは、その翌朝である。

平五郎は、数カ月ぶりに柴村へ伺候した。

居間の炉に火が燃えていた。

外は、またも霖雨《りんう》である。

「梅雨どきは冷えての」

信幸は手を炉にかざして、

「しばらくじゃったの。女房子供に変りないか」

「はい。お蔭《かげ》をもちまして……」

「大きゅうなったろうの。ほれ、何とか申したな、熊《くま》とか虎《とら》とか……」

「寅之助めにございますか？」

「おうおう。そうじゃった、寅之助……」

「腕白の盛りでございまして……」

「子供のうちが花じゃ。わしを見よ、平五郎……十四の頃には鎧《よろい》を着せられ、戦場に突き出され、否応《いやおう》もなく血の匂《にお》いを嗅《か》がねばならなかったものじゃ。それより八十年。家を守ることのみに心身を傷《いた》めつづけて、ようやく楽隠居の、ほんの二年か三年を冥《めい》土《ど》への土産にすることを得たと思うたとたんに、この騒ぎじゃ」

面を伏せたまま、平五郎は、信幸の深い吐息を聞いた。

（大殿も、急に弱くなられたな）

この分なら、右衛門佐の一件は別にしても、もうしばらく粘って、酒井が威したり賺《すか》したりして説得すれば、案外に、信幸の翻意が実現し、信幸の力により藩論もおさまるところへおさまるのではないか……と、平五郎は考えた。

「今日、そちを呼んだのはな……」

「はい？」

「うむ……まあ、よい」

「何事でございましょうか？」

何故《なぜ》か、信幸は、ためらった。

「まあ、よい。ともかく久しぶりに相手いたせ」

平五郎は、自分が献上した例の駒《こま》と盤を信幸の前に運んだ。夕刻になるまでに三局ほど戦った。

常になく、せかせかと駒を進める信幸であった。平五郎は二局を勝った。

信幸に将棋を楽しむ余裕のあろう筈がない。苦悩をまぎらわすための将棋なのか……。

その間に、二度ほど、信幸が何か言いかけては躊躇《ちゅうちょ》するのが、平五郎には気になった。

日が暮れ、酒肴《しゅこう》が出た。

妻子への引出物まで貰《もら》い、さて平五郎が退出しようというときになって、信幸が、

「待て!!」

思い余った果ての決意をこめて呼び止めた。

信幸は人払いをした。

廊下に見張りまで置いた。只事ではない。

「平五郎。そちにやって貰おう」

「は……?」

「この隠居所に仕えるものをやっては、反《かえ》って目に立つ。そちがよい。将棋の相手に呼んだのだが、そちの顔を見て心が決まった」

「何事でございましょうか?」

「寄れ!」

「はっ」

膝行《しっこう》すると、信幸が口を寄せた。

「右衛門佐はな……実は、ありゃ信政の子ではない。信就の子なのじゃ」

（そうだったのか、やはり……しかし何故《なにゆえ》、おれに、こんな重大事を打ち明けるのだ）

平五郎の頭脳は目まぐるしく回転を始めた。

「右衛門佐を生んだ女は、まだ生きておるのじゃ」

「何と仰せられまする」

「公儀の眼がうるさいので、わしが隠してある。知っているのは、今のところ、わしと師岡治助。それに、そちだけじゃ」

「は……」

「目附の矢島九太夫をはじめ、沼田へ内応している者どもや、城下へ入り込む隠密《おんみつ》どもが蠢動《しゅんどう》するので、わしも落ち落ち眠れぬのだ。この秘密を酒井に握られたなら、もうどうにもならぬわ。こうなっては不憫《ふびん》じゃが、その女の命、断つより仕方がないと思う」

鋭く、平五郎は信幸を見た。

この場合、どんなに切迫した眼の色になっても不自然ではない。平五郎は懸命に、信幸の意中を探った。

疑うべきものは何もないようであった。

信幸は、尚《なお》も縋《すが》りつかんばかりに平五郎に言った。

「やってくれるか？……そちならば誰にも気づかれまい」

成程、凡庸円満な平五郎が城下を出ても怪しまれない。連判状に加わった者の中にさえ沼田への内応者が五人はいる。この連中が間断なく隠居所の動向を見張っているのだ。

たとえば、師岡治助や玉川左門が、この役目を果しに行けば必ず感づかれてしまうだろう。漆塗り市兵衛の言によれば、

「信政急死以来、隠居所のみか、重臣の一人一人にまで、われらの網の目から洩《も》れぬよう手配がととのっている」

のだという。

「平五郎、命に替えましても……」

「おお。やってくれるか」

「はっ」

頼母《たのも》しく引き受け、平五郎は退出した。

右衛門佐を生んだ侍女は、下女下男四人に守られ、城下から東北五里余の小河原と

いうところに設けられた隠宅に潜み住んでいるという。

これを下女下男もろともに殺害せよというのが、信幸の命令であった。

「屋敷へ戻るな。このまま発《た》てよ」

信幸の指示である。平五郎は、すぐに城下を出た。すでに深更であった。

途中で袴《はかま》を脱ぎ、尻《しり》を端折《はしょ》り、雨合羽に菅笠《すげがさ》といういでたちとなった。

（おれが二十年をかけて摑《つか》みとった秘宝を、右から左へ、むざむざと酒井に渡してしまうのか……惜しい。渡すのがおれは惜しくなった）

鳥打峠《とりうちとうげ》の山裾《やますそ》に沿った小道を大室村のあたりまで来ると、予期したごとく漆塗り市兵衛が追いついて来た。

柴村一帯を見張る密偵の連絡によって駆けつけたものである。

「大丈夫ですな？　堀殿……」

すべてを聞き終って市兵衛は念を押した。

「おれのすることだ。念には及ばぬ」

秘宝を手渡してしまった後の虚脱を味わいつつ、呻《うめ》くように平五郎は答えた。

市兵衛も昂奮《こうふん》していた。脂《あぶら》を含んだ小鼻をひくひくさせ、

「すぐに矢島様からの指令を受けて戻ります。貴方《あなた》は、それまで待っていて頂きた

い」

「よろしい」

市兵衛は引き返して行った。

降りしきる雨の中に、平五郎は市兵衛の戻るのを待った。

そのうちに、平五郎の胸は、再び勝利の快感に波立ってきた。

（ついに……ついに勝ったなあ！）

信幸の偉大さに喰い下り、忍びつづけてきた甲斐《かい》があったというものである。

（大殿も、おれにだけは負けたのだ。おれは、あの巨大な城壁を見事打ち破ったのだからなあ……）

深い満足感の後で、平五郎はやがて、得体の知れぬ寂寥《せきりょう》が自分を侵してくるのを知った。

（喜ぶのは沼田の馬鹿《ばか》大名と酒井忠清のみではないか。隠密のおれに、褒賞《ほうしょう》は無いのだ）

いずれは信幸とも対決しなくてはなるまい。

平五郎は重要な証人である。

そうなれば、まさか真田の家来として松代に居るわけにもいくまい。すべては酒井の指令一つにかかっている。

(おれは、酒井が操る人形にすぎないのだ)

先のことは全くわからない。妻や子の将来すらも酒井の手に托《たく》さねばならないのだ。

一刻《いっとき》(二時間)ほどして、市兵衛が戻って来た。

平五郎は提燈《ちょうちん》を差し上げた。市兵衛は他の四人の男と共に近寄って来た。男達は、いずれも農民風の身仕度で覆面をしている。抱えている藁苞《わらづと》の中は刀であろう。

「貴方は、この書状を持ち、すぐさま江戸へ発足《ほっそく》するようにとのことです」

市兵衛は密書を平五郎に渡し、さらに言った。

「御内儀、御子息のことは心配なさるな、矢島様が、すぐ手を打たれます」

「左様か……」

安堵《あんど》が、急に平五郎の身を軽くした。

(二十年のおれの苦心を、やはり酒井も考えていてくれたのか……)

どんな手が打たれるか知らぬが酒井のすることだ、安心していてよいと平五郎は思った。

平五郎は身内に力が湧《わ》き上るのを、ひしひしと感じた。

矢島九太夫から酒井忠清に当てた密書を抱き、堀平五郎は徳坂のあたりから山越えに鳥居峠《とりいとうげ》へ向った。

峠は国境である。峠を越え、吾妻《あがつま》の高原を沼田に出れば、もはや安全圏内といってよい。

沼田から江戸までは、沼田藩から平五郎の護衛が用意される手筈《てはず》になっていた。

市兵衛其他の密偵は、雨を衝《つ》いて一散に小河原へ向う。右衛門佐の母を証人として捕えるためだ。

その頃……火急の用事あり、寅之助と共々出頭せよという信幸の使いを受け、平五郎の妻久仁は、寝ぼけまなこの寅之助と一緒に、柴村の隠居所へ入った。

矢島九太夫が、夜の明けぬうちにと放った刺客五名は、沼田内応派の侍の手引によって、堀邸を襲ったが、目当の久仁も寅之助も、若党、下女に至るまで、邸内に人気は全くなかった。

妻子を抹殺《まっさつ》されることを平五郎は知っていたのか？　いやそんな筈はない……と、九太夫は考えた。万一を慮《おもんぱか》って堀家のものを抹殺してしまおうと決断を下したのは、九太夫が咄嗟《とっさ》の一存である。

（平五郎に、さとられる筈はない。しかし、これはどういうことなのか……？）

九太夫は眉《まゆ》を寄せた。

ともかく、松代城下に潜入させてあった密偵を早急に領外へ散らすべく、九太夫は指令を下した。

（平五郎も市兵衛も失敗《しくじ》ったのか？）

雨が上って、朝霧の中を、漆塗り市兵衛が忍び戻って来た。九太夫は、ほっとした。

すべては完了したと市兵衛は報告した。女は四人の密偵に護《まも》られ、今頃は鳥居峠を越えているであろうというのだ。

「女は白状いたしませなんだが、その挙動、狼狽《ろうばい》のありさまなど、正《まさ》しく右衛門佐殿を生んだ母に……」

「間違いないと言うか？」

「はっ」

「よし。おぬしも早々に散れ。事を仕済ましたからには一筋の尻尾《しっぽ》も毛も摑まれてはならぬ」

「承知」

路用の金を貰い、市兵衛は、御使者屋内庭の霧に溶けた。

間もなく、九太夫に急報が入った。

松代領内から他領へ抜ける街道、間道のあらゆる場処は蟻《あり》の這《は》い出る隙間《すきま》もなく藩士の手によってかためられ、密偵が逃亡しかねているというのである。

（老公にさとられたのか……？）

九太夫は胸が騒いだ。手落ちはなかった筈である。この御使者屋にも真田の家来が詰めてはいるが、発見された様子は微塵《みじん》もない。

厳重な警戒は、丸二日後に解けた。

その間、密偵探索の気配などは露にも無かった。ただ領内の者すら一人たりとも外へ出すまいとしていただけのようである。

酒井の密偵達は、無事に他領へ散って行き、九太夫は狐《きつね》につままれたような気持がした。

六

庭の何処《どこ》かで、蛙《かえる》が鳴いている。

今日の雨は霧のような雨であった。

「平五郎は、もう江戸に着いたかの？」

信幸は、手を囲炉裏《いろり》にあぶりながら、師岡治助に声をかけた。

「はい。丁度、その頃かと存じます」

「久仁や子供は、どうしておる？」

「もはや覚悟も決まり、落ちついたようで……」

「わしのために、平五郎に死んで貰うたと言い聞かせたが……久仁は、涙ひとつ落さなんだわい」

室内には、信幸と治助と、もう一人の男が居た。

「市兵衛。用意がととのいしだい、そのほうも、あの母子と共に、岩城平へ行けい。道中は充分に警護してつかわす」

「恐れ入りましてござります」

漆塗り市兵衛であった。衣服も髪も武士のものだ。今日は、彼のたるんで脂臭そうな顔も何処か引き締って見える。

「市兵衛にも、いかい苦労をかけたの。そのほうが親子二代四十年に渉《わた》って、幕府の隠密となり終《おお》せた苦労、人ごとには思わぬ。手ひどい役目を、わしも言いつけたものじゃ。許せ、許してくれい」

「何の……」

市兵衛の両眼に涙があふれた。

「堀平五郎殿とくらべて、父も私も隠密としての冥加《みようが》は身にあまるものがござります。私は、大殿の御役《おやく》にたつことが叶《かな》いました」

「いや。わしは、そのほうや、そのほうの父の一生を台無しにしてしもうた」

「何を……勿体《もったい》ない……」

自在鉤《じざいかぎ》の竹の燻《くす》んだ肌に、一匹の蠅《はえ》がとまって凝《じっ》と動かないのを、いとおしげに見やったまま、信幸は、

「酒井と同じようなやり方で身を守りたくはなかったのじゃが……なれど、どうしても、そのほうの父を潜入させねばいられない気持じゃった。こちらがいかに正しく身を持していようとも、只手をつかねていては毒の魔力には勝てぬ……わしも、これで小心者ゆえなあ」

信幸は、少し開けてあった窓を閉めよと治助に命じてから、しみじみと、

「平五郎もあわれなやつじゃ。このまま何の騒ぎも起らなんだら、あやつも真田の家来として一生を終えたろうにの。わしは、すべてを平五郎の前にさらけ出してやった。わしの治政を、わしの裸の姿を、平五郎から酒井の耳に入れ、真田には隠密の必要なきことを、酒井に知らしめてやりたいと思うたからじゃ」

市兵衛が膝《ひざ》をすすめた。

「大殿は、平五郎の素姓を何時《いつ》から御存知でございましたか？」

「そのほうが知らせてくれた十年も前からじゃ」

と、信幸は薄笑いした。

「あのように、来る日も来る日も、にこやかな笑いを絶やさぬ男というものは、わしの眼から見れば油断ならぬ男であった……わしはの、市兵衛。血みどろの権謀術数の海を泳ぎ抜いて、しかも生き残った大名じゃからの」

数日後には、久仁も寅之助も、吉田市兵衛と共に、岩城平の内藤家へ移ることになっている。酒井の探索を考慮しての、信幸の処置であった。

内藤家には使者が飛んだ。間もなく了承の返事が来ることだろう。久仁は何も知らぬ。良人が御家大変に当り一身を投げうって秘密の任務に殉じたのだと信じていた。

「平五郎のことを知るものは、いま此処《ここ》に居る三人だけじゃ。決して洩《も》らすなよ。洩らしては、久仁が……あの寅坊主が可哀想《かわいそう》じゃ」

ひたひたと夕闇が室内にも忍び込んできていた。

灯が入り、酒肴《しゅこう》が出た。

治助は思いきって、信幸に尋ねた。

「うまく事が運びましょうか？」

「まず大丈夫じゃ」

手箱を引き寄せ、信幸は一通の書状を治助に渡した。矢島九太夫から酒井忠清へあてた密書である。市兵衛が平五郎へ渡す前に、掏替《すりか》えて、信幸に届けたものであった。

治助は密書を読み終えた。

信幸は、市兵衛の酌《しやく》で盃《さかずき》をとりあげ、ゆっくり飲み終えると、

「酒井も此処まで、わしに尻尾をつかまれて悪あがきもすまい。右衛門佐家督は許されるであろう……わしは、出来ることなら、こうした女々《めめ》しい陰険な謀略によって、酒井と勝負をしたくはなかった……なれども、老いさらばえた今のわしには、もうこんな手段をつかうより途《みち》が無かったのじゃわ」

信幸は自嘲《じちよう》した。

そして、自分が亡《な》き後に、酒井の恨みが、どんな形であらわれるかが問題だと語った。

「おそらくは、わしの遺金も、十万石の身代も幕府の手によって次から次へと搾《しぼ》りとられてゆく事であろう。課役の名目によってな……」

治助と市兵衛は、凝乎《ぎようこ》として見合った。

信幸は、ふっと微笑を浮べた。浴室の羽目に揺れる陽炎《かげろう》のような微笑であった。

「治政するもののつとめはなあ、治助。領民家来の幸福を願うこと、これ一つよりないのじゃ。そのために、おのれが進んで背負う苦痛を忍ぶことの出来ぬものは、人の上に立つことを止《や》めねばならぬ……人は、わしを名君と呼ぶ。名君で当り前なのじゃ。少しも偉くはない。大名たるものは皆、名君でなくてはならぬ。それが賞められるべきことでも何でもない、百姓が鍬《くわ》を握り、商人が算盤《そろばん》をはじくことと同じことなのじゃ」

信幸は尚も熱情をこめて、

「治助、今言ったことを忘れまいぞ。よいか」

「はい」

「家来が殿様を偉いと思い込んでしもうては駄目なのじゃ。もう怖くて口がきけなくなるわ。わしとても人間じゃ。何度躓《つまず》きかけたことか……現にそれ、今度の騒ぎでも、わしはすべてを捨てて、京へ逃げようとしたではないか」

「あれは、本気でございましたのか……」

「そうとも。それを家老どもが諫言《かんげん》してくれた。あの諫言なくては、わしも平五郎をつこうての計略すら思いつかなんだわ……じゃからなあ、治助。良き治政とは、名君があり、そして名臣がなくては成りたたぬものなのじゃ。そのどちらが欠けても駄目なものよ」

信幸は自分の死後に、こうした君臣を生むべき土壌をつくることが、お前達の役目だと語り、将来にどんな困難が真田家を襲おうとも、土壌にさえ肥料が絶えねば必ず切り抜けることができよう、と結んだ。

信幸は腰を上げ、両腕を伸ばし、軽く欠伸《あくび》をした。

「疲れた。えらく疲れた。今度は、わしも寿命を縮めたわい……わしは、もう眠る。そち達もやすめ」

七

沼田の真田信利が付けてくれた六名の藩士に護衛された堀平五郎が、千代田城大手門下馬先の酒井邸に入ったのは、松代を発してから四日目の朝である。

〔異変〕を感じた矢島九太夫が、平五郎の後を追わせた密偵は、信幸の命によって封鎖された松代領内を抜け出すのに、封鎖解除になった二日後まで待たねばならなかった。とても平五郎には追いつけなかったわけだ。

江戸も雨であった。

雅楽頭《うたのかみ》忠清は登城前であった。

平五郎は雨と泥に濡《ぬ》れた衣服を着替えさせられ、邸内奥庭の茶室に通された。忠清が直《じ》き直きに会おうというのだ。

暗い光線を背に、平五郎の一間ほど前へ坐《すわ》った酒井忠清は、このとき三十五歳。好みの偏《かたよ》った、権勢への欲望烈《はげ》しい性格であった。

平五郎は、蝸牛《かたつむり》の矢立と一緒に、矢島九太夫からの密書を差し出した。

「右衛門佐様出生の事実にござります」

「何!」

酒井の顔色が変った。

「判明したか?」

「はっ」

「うむ。出かした、出かしたぞ」

眼を輝かせ、密書をひろげにかかる酒井の手は、ぶるぶると歓喜に震えている。その震え方が露骨であった。平五郎は眉をひそめた。

初めて見る酒井に、平五郎は厭気《いやけ》がさした。信幸の巨木のように根の坐った風格が、今はなつかしかった。

（こんな奴《やつ》の、おれは飼犬だったのか！）

平五郎はうつむいた。

書状を繰りひろげる音が中断した。

不穏な気配を、平五郎は感じた。

眼を上げると、ひろげた書状の向うから酒井の眼だけが見え、その眼が不気味に、こちらを注視している。

（……？）

変だなと思った。つい今までの酒井とは、がらりと変った酷薄な眼つきなのである。

酒井が、また書状を読みはじめた。

読み終えると、酒井は書状をろくにたたみもせず、下へ置き、当夜の一部始終を話せと命じた。

平五郎は語った。語りつつ、声が不安に詰った。

一切を聞き終ると、酒井忠清は立ち上った。立ち上りざまに、書状を平五郎の前に蹴《け》ってよこした。

（あ……？）

驚く平五郎には振り向きもせず、敗北の苦渋に面を歪《ゆが》ませた酒井忠清は、茶室から消えた。

平五郎は書状に飛びつき、貪《むさぼ》り読んだ。

〔一筆啓上候。御無事に御座候や承度《たく》存じ奉《たてまつ》り候……〕から始まる真田信幸自筆の、酒井忠清にあてた書状であった。

平五郎は愕然《がくぜん》とした。

信幸は酒井に、こう言っている。

親子二代の隠密・堀平五郎を御手許《おてもと》にお返しする。平五郎を始めとして御手配の密偵、城下に蠢動《しゅんどう》することしきりなるため、まことに煩《わずら》わしく、此際《このさい》、密偵のいずれにも城下を去って貰《もら》いたく考え、平五郎を先《ま》ずお返し申し上げた。右衛門佐出生につき平五郎に踊って貰ったのもその為《ため》である。矢島九太夫から酒井侯へあてた密書は確かに自分が預かっている。この密書を自分がどう処置するか、それは、そちらの出方ひとつで決まることだ。なお、右衛門佐出生のことは、当方では何時何処《どこ》でなりと、確乎たる証人証拠を揃《そろ》えて御不審に応じよう……というものであった。

「ま、敗《ま》けた！」

顔面蒼白《そうはく》となり、思わず平五郎は口走った。

畳に突伏した平五郎の両肩が、がくがくと、不安定に揺れ動き出した。

彼は、わけもわからぬことをつぶやき、また低く喚《わめ》いたりした。畳から茶室の壁へ、天井へ、狂った平五郎の眼が、うろうろと迷いうごいた。

立ち上った平五郎は、やたらに、其処《そこ》ら一面に唾《つば》を吐き飛ばしはじめた。

雨が繁吹《しぶ》くように茶室の屋根や軒を叩《たた》いてきた。

庭に面した障子が、するりと開き、刺客の刃《やいば》が白く光った。

佐渡流《る》人《にん》行

松本清張

松本清張（まつもと・せいちょう）

一九〇九年、小倉市（現・北九州市）生れ。給仕、印刷工などの職を経て朝日新聞西部本社に入社。四一歳で懸賞小説に応募、入選した「西郷札」が直木賞候補となり、五三年「或る『小倉日記』伝」で芥川賞受賞。以後、旺盛な執筆活動を展開し、数々の名作を世に送り出した。代表作に『点と線』『砂の器』『わるいやつら』『黒革の手帖』などがある。九二年死去。

一

寺社奉行吟味《ぎんみ》取調役であった横内利右衛門が、このたび、佐渡支配組頭を命ぜられた。幕府が重視している佐渡金山《かなやま》奉行の補佐役であった。

この組頭の下に十人の広間役というのがある。金山方、町方、在方、吟味方に分けた役人のことだが、このうち、二人は江戸で任命して赴任させることになっていた。

横内利右衛門は、今度の転役について、かねて己れの気に入りである下役の黒塚《くろづか》喜介《すけ》を、その広間役にして、佐渡に連れていくことにした。

「わしも初めてのところだでの、島流しのようで、とんと心細い。どうじゃ、一緒に行ってくれい、おぬしの面倒は、最後まで見るつもりじゃ」

横内は、そう言って黒塚喜介に内命を伝えた。

「かたじけないお言葉でございます。横内さまとなら、たとえ蝦夷《えぞ》の果てでもお供いたしとうぞんじます」

喜介は、浅黒い顔にいつもの才知な眼を輝かして、手を突きながら答えた。それはまんざら、世辞ではない。横内は有力な老中筋のひきがあって、佐渡在勤を二三年も務めたら、江戸に呼び戻されて、優勢な地位につく見通しがあった。この人についていれば損はない、最後まで面倒をみてやる、というのはさきざきの出世を請けあってくれたようなものだと喜介はよろこんだのであった。

「そう言ってくれてありがたい。出発は二十日先ごろとなろう。充分に、支度をしておくように」

横内の機嫌はよかった。酒を言いつけて、佐渡の話など雑談をはじめた。

「金山には江戸より送った水替人足が千人近くもいるそうな。なにせ、入墨者や無宿者ばかりでの。油断のならぬ山犬のような人間どもの寄せ集めじゃ。おぬしには、この金山方の取締りをやってもらう。気骨は折れようが、まあやってくれ、人足どものこと、聞いておろう？」

「水替えはなかなかの荒仕事と聞いております。人足どもは、この世の地獄とやら申して怖気《おぞけ》をふるっておるそうにござります」

「それじゃ。難儀な仕事ゆえ逃亡する不埒《ふらち》な奴《やつ》もある。もともと怠け者の寄り集まりじゃ。仕事を嫌う過怠者があれば、ぴしぴしやってくれ。水替えを怠ければ坑内に湧《ゆう》水《すい》が多く、大切な金を掘ることができぬ。何事もお上のためじゃ」

横内はこんな話をしていて、ふと思いついたように、

「そうじゃ、近々、佐渡の地役人どもが江戸にのぼってくる。ついては百人ばかり無宿者をかり集め、地役人に宰領させて佐渡にくだすつもりじゃ」

と語った。

横内の言うように、佐渡送りの水替人足は必ずしも犯罪者にかぎらなかった。前科のある者、無宿者なら、たとえ無罪でも捕えて佐渡に送った。金山は、地下を掘れば掘るほど水が湧《わ》きだし、これを地上に汲《く》みだす人足の手は絶えず不足がちであった。あまりの重労働に人足の疾病《しっぺい》や死亡率が高く、その補充のためでもあった。

黒塚喜介は横内の話を聞いているうちに、彼の頭の中を不意に走ったものがあった。そのため彼は瞬時に顔つきが変わったくらいであった。話の途中で、重大な想念が閃《ひらめ》いた時に人がよくする凝固とした表情であった。そうした時、相手の話も耳から遠のいた。

横内は、目ざとく喜介のその表情を見つけた。彼は、喜介の眉根《まゆね》に寄せた皺《しわ》から、彼なりの解釈をしたようだった。

「喜介。心配はいらぬ」

横内は言った。

「お内儀は連れていってよいことになっているぞ。必ず連れていけよ」

「は」

喜介は、われに返ったような返事をした。横内の言葉が、はじめて正気に耳にはいった。横内がそう言うのは、喜介の妻のくみを上役の彼が仲人《なこうど》したからである。しかし、彼が今の瞬間、急に一つの思念にとらわれていたのは、ある別なことであった。

横内利右衛門の役宅を出て、歩きだしてからでも、喜介の頭には、その想念が離れなかった。いや、ひとりになってよけいに考えごとに熱心となった。

彼の気むずかしげな顔は、何かを迷い惑っているのではなく、一つのことに凝っているひどく陶酔的な思案顔であった。

それは分別が決まって、のびのびと眉を開くまで、長いことつづいた。

二

「拙者は、今度、佐渡にお役で行くことになったでな。江戸とも当分お別れだ。あんたにもお世話になったな」

杯をさしながら黒塚喜介は心やすく言った。八丁堀に近い小料理屋の二階で、小女が行灯《あんどん》に灯を入れていったばかりである。相手は蒼《あお》い顔をした与力だったが、寺社つきの喜介が自分の仕事の都合で、何かと心づけをやって利用してきた男だった。

「これは、どうも」

与力は卑屈に頭を下げた。内証に貰《もら》っている心づけが相当なものだったので、喜介には自然とこういう態度に出ていた。別れと聞いて、彼は丁寧に今までの礼を述べた。

「ところで、世話のなり放しで申しわけないが、まあ餞別《せんべつ》だと思ってあんたに最後の無理を一つ聞いてもらいたいことがある」

喜介は持ちだした。それが今の今まで彼が思案を練りあげた結果のものだった。

「そりゃ、もう、黒塚さんのことだから」

「ありがたい」

礼を言ってから、喜介は、さあ、と言って相手の杯に酒を何度もみたした。世間話を二つ三つ言うだけの時間をあけて、彼はそれを言いだした。

「ときに、弥十《やじゅう》が赦免になって牢《ろう》から出てくるってなあ?」

さりげない調子だった。

「弥十? ああ、聞きました。あれから一年半でしたかな」

与力は指を繰ってみて、

「いや、二年になっている。早いものですな。たったこの間、送ったと思ったが、今度娑婆《しゃば》へ出てきますかな」

「来るだろう。そういう話だ」

「私はすっかり忘れていた。あなたはよく憶《おぼ》えておられましたな」

「まあな」

喜介は薄く笑った。どこか苦い顔だった。

「いや、あの時は」

と与力は喜介の顔色を見て、少しあわてて、

「遠島ぐらいにはもっていくつもりでしたが、うまく行かなくて、ぞんがい軽いことになりました。すまないと思っています」

「いや、そりゃ、もう、すんだ話だ。それよりも、なあ」

「はあ」

「今度、佐渡の水替人足に江戸から百人ばかり無宿者を送ることになっている。どうだろう、弥十が牢から出たら、あんたの手でつかまえて、佐渡送りの人数の中に入れてほしいが」

「牢から帰ったばかりを?」

与力は、眼を張って、喜介の顔を見た。

「出牢早々でも、かまうことはない。立派な前科者だ、佐渡送りにしても、どこからも文句の出る尻《しり》はないはずだ」

喜介の言葉は急に威圧的なものが籠《こも》った。

「そりゃ、ま、そうですが」

与力は弱い顔になった。

「そうだろう。前科者なら、ご府内に置いても物騒な人間だ。そういう人間を水替人足にして、佐渡に追いやるのが公儀のご主旨だ。おかしくはない。そうだろう、あんた?」

威嚇《いかく》的に近い強引さが、顔にも言葉にもあった。それに与力は屈伏した。

「わかりました」

当たりまえだという顔で、喜介は降参した与力に杯を出した。

「おたがい、気が弱くては勤まらぬ身分ですな」

平気で言って、不意に与力の手を握ってひきよせたかと思うとその袂《たもと》に重いものを落とした。

「や。これは、かえって、どうも」

「お世話になったな。さあ三味線《しゃみせん》をよんで、あんたの咽喉《のど》を納めに聞かせてもらいますかな」

喜介が、横内の話を聞いている途中からとつぜんに思いあたって、長いこと思案した手順の一つがこれで成就《じょうじゅ》したのである。その安心が彼の眼にあらわれて、言葉つきも鷹揚《おうよう》さをとり返した。

座が騒いで、やがて酔って、いよいよ蒼くなった与力が、何か思いだしたように、首を振りながら喜介の方へ向いた。

「黒塚さま、こ、こりゃ他所《よそ》から聞いた話ですが、弥十は、もと、御家人だったそうですなあ?」

「そうか。知らんな」

女に杯をやりながら、喜介は、じろりと眼尻で与力を見た。

「ははは。こっちは商売ですからな。なんとなくわかります。なんでも、黒塚さまの奥方のご実家には以前によく出入りしていたそうで」

酔った声は、はじけるような喜介の笑いに消された。

「酔ったぞ。太鼓はないか。女ども、太鼓を打ってはでに騒げ」

その割れるような騒ぎがはじまると、すぐに黒塚喜介の姿は見えなくなっていた。

「弥十を牢送りにして、今度はすぐ佐渡送りにする。わからぬ」

首をゆすりながら、与力がぶつぶつ呟《つぶや》いた。

三

二年前、この与力を使って、弥十を伝馬町《てんまちょう》の牢に送ったのは、黒塚喜介である。賭博《とばく》という微罪にひっかけて捕え、余罪をつくりあげて、弥十を牢送りに持っていったのは与力の努力であったが、それを陰で指図したのは喜介であった。

それは、決して軽い刑罰ではない。しかし喜介の弥十に対する憎悪《ぞうお》を天秤《てんびん》にすると、まだその刑が重いとは言えなかった。

弥十への憎しみは、いつごろから始まったか。考えてみると、それは喜介がくみを妻にして、半年たらずからであった。つまり、今から三年前なのである。

喜介は、たった一度、弥十を見たことがある。上役の横内の世話でくみと夫婦になって、はじめて妻の実家に行った。四谷に住む百五十石の小普請《こぶしん》組の妻の実父は、頑固で一徹なところがあった。長い不遇の生活が、その気むずかしい性質に磨きをかけていた。その父親と喜介が話しているときに、偶然に来合わせていた弥十と会ったのである。

その時の弥十は、まだ弥十郎といった百三十俵の御家人の次男であった。目鼻立ちのはっきりした、色の白い、上背のある青年だった。くみの父親は、これは出入りしている知りあいの者だと彼を喜介に紹介《ひきあわ》せた。

その場では、初めから弥十郎はひどく落ちつきを失っていた。彼は喜介とくみが並んですわっている方をろくに見もしないで、あるいは見ることを懼《おそ》れるようにしていたが、用事を言いたてですぐに帰っていった。

「あいつ、今日はあわてているぞ」

くみの父親の笑い声は、今でも喜介の耳に残っている。が、もっと強烈に今でも憶えているのは、その時、喜介がふと見た妻の横顔であった。

くみはうつむいていた。結いあげた髪の鬢《びん》のあたりが微風に慄《ふる》えていた。が、座敷の中に風はない。慄えているのは、彼女が何か激動を必死に耐えているためだとわかった。顔を伏せているためよく見えぬが、唇を破れるように嚙《か》んでいるに違いなかった。喜介のその時の一瞥《いちべつ》は、彼をいきなり暗黒に突き落としたのであった。その瞬時の情景は、蒼白く喜介の頭に灼《や》きついて、妻の横顔に当たった光線の陰影まではっきり憶えている。

その夜、喜介は妻を責めた。

「なんでもない方です」

くみはそれだけ言って、涙を流した。仰向いたきれいな顔に涙が筋をひいて、うす赤い耳朶《みみたぶ》に雫《しずく》が匍《は》った。嫉妬《しつと》が喜介を狂わせ、それまで美しい妻に自制していた行動を奔放にした。しかし何をされても、くみは石のようであった。

「おまえは、おれのところに来る女ではなかった」

言い方はいろいろあった。おまえは、あの男が好きだったのだろう。あの男も、おまえが好きなのだ。なぜ、おれの所にきたのだ。そうだろう、それに違いない。おまえはおれをだましたのだ……。

こういう言葉はくみの身体《からだ》に、たえず激しい打擲《ちようちやく》と愛撫《あいぶ》とを伴った。たった一度きりしか見ない弥十郎の顔が、喜介には、十年も見つづけた男のように確かな印象が残って、それがくみの顔に重なるのである。するとその幻影に身体が憤怒《ふんぬ》に燃えあがって、彼は狂った。

くみは相変わらず石のように反応を示さなかった。どんなことをされても、面のように表情を動かさなかったが、眼だけは、下から夫を冷たく見ていた。ときどきは、憎しみと軽蔑《けいべつ》の色を露骨に出して見すえるときもあるが、ときにはわけのわからない涙を流した。

その涙が、決して夫のために流したものでないことを知っていたから、喜介はさらに己れを失う始末になった。

弥十郎が家を出て、市井《しせい》の無頼の仲間にはいっているという話を喜介が聞いたのは、彼をくみの実家で見てからさほどたっていなかった。たわけた奴、出入りはさせぬ、とその話を聞かせたくみの父は真っ赫《まか》になっていた。

喜介はそれを聞いたとき、己れの想像が寸分も違っていなかったことを知った。弥十郎がはっきりそうした転落の行動に出たことに、喜介は言いようのない憎悪を覚えた。ふしぎなことに、嫉妬がよけいに燃えたった。自分の見えぬところで、弥十郎とくみの心が、いよいよ、しっかりと寄りあってきたようにみえたのである。

喜介の苛立《いらだ》たしい夫婦生活が、それからしばらくたったころ、弥十郎が今では、御家人崩れのあだ名まである何がしの弥十という無頼仲間のいい顔になっていることを知った。

喜介が、くみにそのことを知らせた晩、くみは畳の上に突っぷして歔《な》きはじめた。その波打っている肩を見ていると、喜介の心にまた炎のようなものが衝《つ》きあがった。

喜介が、はっきり弥十に対して己れの手で死ぬほど苦しめてやろうと決心したのは、この時からである。それは妻の身体を打擲しているときと同じ快感であった。

四

寺社奉行の役人であった喜介は、町方の与力を一人金で誘って手に入れた。ころを見計らって弥十のことを依頼すると、彼は容易に引きうけてくれた。弥十を二年の入牢にしたのは、この与力の尽力である。

「おい、弥十は牢にはいったそうだぜ」

喜介は、晩酌をしながらくみに言って聞かせた。その時、くみは蒼い顔になって棒のように硬直した。その激しい火のような視線を頬にうけながら、喜介は、わざと含み笑いをしながら杯をあけた。ざま見ろ、と心で鬨《とき》の声をあげた。相手は大牢の格子《こうし》の中だった。どうにもなるまいとひとりで嘲笑《あざわら》った。

今度は、くみは泣きはしなかった。それだけしんの強い女になったのだと喜介は心が堅くなった。

表面の変化はなかった。しかしくみの実体は喜介の手さぐりから消えて、無かった。

身体はあるにはあった。が、心はなかった。その身体も以前よりはもっと石だった。

「弥十め。どうしているかな。かわいそうにの」

喜介はときどきくみに当てつけて呟いた。その時は、くみの顔が黝《くろ》く見えて、眼が光るように思えた。喜介は、それを愉《たの》しむ。弥十への憎悪が、くみへの愉しみに変わる。猫のように陰気な愉しみである。

この女はもう夫の前で泣く姿を見せなかった。必ず、ひとりで見えぬ所で泣いているに違いない。どういう思いでひとりで泣いているのか、喜介にはわかりすぎるほどわかった。しかし前ほどには憤怒がつきあがってこなかった。相手は牢にいる。この安心感が嫉妬をしばらく和らげていた。

一年が過ぎ、さらに半年が過ぎると、喜介は、弥十が近く赦免になって出牢することを、その関係の者から聞いた。弥十のことは絶えず気にかけて、手をまわしていたのである。喜介はまた少しずつ焦燥が増してくるようになった。彼の蒼白い炎は、ふたたびちろちろと燃えだした。喜介は、己れが弥十とくみの間に初めから大きく割りこんでいたことを知っていた。くみを娶《めと》ったのは、上役の横内の世話であったが、くみがその縁談を拒みえなかったのは、父親の意志があったのかもしれない。一徹者の父親を恐れて育ったような女だった。が、喜介の意志ではないが、結果的には、彼がくみと弥十の仲を割いて邪魔にはいったことになった。それに気づいて、喜介は卑屈よりも意地悪く出てやれと居直った。もとよりくみが好きなのだ。この女を今さら他人に渡したくなかった。しかし素直にはなれなかった。一度、心を他の男に移したこの女を虐《いじ》めてみたい。その白い膚《はだ》と同じに、彼女の心に存分に爪《つめ》を立ててやりたいのである。喜介の陰湿な憤怒は、そういう形のあらわれであった。弥十がもう牢から出てくる。喜介が苛立ちはじめた時に、急に佐渡奉行所への転役の内命があったのだ。

横内利右衛門が、その時、金山の水替人足の話をした。喜介にとっては、その話が何か天の声に聞こえた。弥十を、それに結びつけて処置の思案に耽《ふけ》りだしたのは、その瞬間からであった。

思案は長いことかかったが、まとまった。弥十を佐渡に送ろう。佐渡送りになれば、二度と江戸には帰れぬのである。水替人足は坑内ではこの世とは思えぬ地獄に苦しむ。弥十の苦しみを、喜介は役人として、上から見おろしてやろうと考えついた。いや、たんに見物だけでは飽きたらぬ。もっと苛《いじ》めてやれ。苛めるほど愉しいのである。喜介の思案はその工夫に凝ったのだった。

喜介は頭のいい男だと皆から思われている。そのため上役の横内利右衛門が信用して彼を佐渡の役人にして連れていこうとしているのだ。くみを女房に世話してくれたのも彼だ。前途は明るい。佐渡の在勤はせいぜい二三年であろう。その間に、弥十を心いくまで弄《なぶ》ったら、島の生活もあんがいつまらなくはない。

「これだ」

と喜介は心で叫んだ。工夫はできた。面白そうな計画である。両手をこすりあわせたいくらいである。

喜介が、かねて手なずけている与力を呼んで、牢から出てくるはずの弥十を、佐渡送りの人足組の中に追いこむようにさせたのは、その企《たくら》みを実行に移す第一の処置であった。いや、第二の手段にも、それからすぐにかかった。

横内が言ったように、まもなく佐渡から地役人が出張してきた。彼らは金山から掘りだした金銀を宰領して、はるばる江戸に護送してきたのであった。これは大役であるので、江戸に無事に着いたら、慰労のための休暇があった。

彼らは、このたび、佐渡支配組頭の更迭《こうてつ》を聞かされて知っている。のみならず金山方広間役として黒塚喜介が赴任することも心得ていた。むろん、喜介を訪れて挨拶《あいさつ》することも忘れなかった。

喜介は、その地役人のなかからめぼしいのを一人握った。占部《うらべ》三十郎といって眼の鋭い野心のありそうな男である。

「江戸に出て役につく気はないか？」

水をむけてみると、はたして飛びついてきた。喜介は、自分は横内さまの信頼があるから、おぬしのことをどのようにでも取りなすことができる、と自信ありげに言った。

このひとことに、三十郎は、ころりと参った。喜介のためなら、水火の働きをする、とうれし涙をこぼした。

「手前も一生佐渡の地役人で暮らすよりも、生まれがいには、一度は江戸表のお役につきとうござります」

と三十郎は心底を述べた。なかなか野望をもった男である。こういう役人を手に入れるには、出世の餌《えさ》で釣るのがいちばんよい。

「よい。まかせてくれ」

喜介はたのもしげに、うなずいて見せた。これからは、この男がおれの言うままになるだろうと、遠くを見るような眼つきをして、ほくそえんだ。

五

江戸から水替人足が送られていくしだいを書く。

「佐渡年代記」によると、江戸無宿者が佐渡送りになるのは、一回が五六十人ぐらいであった。彼らはいずれも目籠《めかご》に入れられて、役人に護送され、上州から三国峠を越えて越後にはいり、湯沢、五日市、長岡を通って出雲崎《いずもざき》に着く。

その間の警備は厳戒をきわめた。それは途中で島送りの同類が待ち伏せて奪回するのに備えたためでもあろう。本来の護送の役人、人足のほか、泊まり泊まりでは村役人が総出で、助郷《すけごう》を出して警戒の雑務に当たった。寺泊では千百数十人の人足を出したことがいわれている。

出雲崎は、佐渡に渡る要港で、二十艘《そう》ばかりの舟がかりができた。ここで風待ちをする。小木《おぎ》までの海上は十八里というが、南からの潮流が北上して流れも早く、波が高い。長途、唐丸籠でここまで揺られてきた流人《るにん》は、へとへとになって、病人などは舟中で死ぬものがある。途中、病気にかかれば土地の医者に診せる掟《おきて》になっているが、少々のことではかまってくれない、食事も握り飯、香の物、湯茶以外にはやらないことになっている。

ようやく渡海して、小木に着く。これより西海岸を行って河原田村に着く。それから峠道にかかるのだが、峠の頂きに来ると、前面に荒海が林の間に碧《あお》く見えはじめるのである。ここで目籠は地におろして休息させるが、役人は、この峠をおりたら、金銀山のある相川であることを流人一同に申し聞かすのであった。江戸を出てから泊まり重ねた旅も、いよいよこれで終わりだというので、役人は水替人足としての心得を申し渡すのである。

「其方共《そのはうども》儀金銀山水替に御遣ひ被成《なされ》るに付、先達而被遣候《さきだつてつかはされ》もの共同様——」という書出しの内容は、だいたい次のようなものであった。

金山では定めた小屋場に寝起きして、一昼夜交替で内にはいって水替労働をすること、敷内《しきうち》（注）では、古参のうち働きのよいものを、差配人、小屋頭、下世話煎《いり》などの役につけてあるから諸事差配人の指図をうけて、精出して働くこと。

もし働きに過怠が見えたときは厳科に処すこと。敷内出入りの時は番所で改めを請《こ》い、小屋場の出入りは敷口に通う以外は、たとえ近所でも外出は一切禁止であるから必ず慎んで守ること。

万一、心得違いを起こして、脱走などしたときは、ほかに悪事がなくとも必ず死罪となるからよく心得ておくこと。飯米、塩、味噌《みそ》、薪《まき》、野菜代、小遣銭、着類などはお上よりくだされるからありがたくぞんずべきこと。

右申し渡したとおり、敷内の働き方に怠慢なく、これまでの心底を改めて精出すうえは、おいおい江戸表に申しあげて平人《ひらびと》にし、放免にするから、父母妻子のある者はふたたび面会もできるであろう。よってご仁恵を冥加《みょうが》至極《しごく》とかたじけなく思って、一カ年でも早くここから帰りたいなら、申し渡しの趣意を忘れずに万事格別に働き方に出精せよ。

これを読みおわると、流人一同は、今さら、遠い他国の地底に働くわが身を思い、どのような悪党でも涙を流すのであった。

それからいよいよ金山に到着する。唐丸籠からはじめて出され、手錠を解かれて自由に背伸びできる身体になる。が、その身体はすぐに小屋場に入れられて、小屋頭の光った眼に監督されるのである。小屋は敷内に通うように近いところにあるが、相川の町からは隔った山の谷間に散在している。一つの小屋に三百人ぐらい収容し、それが四つ五つ建っている。小屋の周囲には石垣を築き、柵《さく》を構えて、人足どもの脱出を防いでいた。

江戸から送られてきた者は、初めて到着した当座こそ、三四日の休息をくれるが、それからいよいよ水替作業に坑内に送られるのである。

「慶長見聞集」によると、佐渡島はただ金銀を以《もっ》てつきたてた山で、一箱十二貫目入れ合わせた金銀百箱を五十駄の舟につんで、毎年、五艘十艘と佐渡から越後へ着岸した、とあるが、いちばんの盛時は元和《げんな》、寛永ごろで、一年の出高は七八千貫あったという。しかし、それを頂点としてしだいに鉱脈が衰弱してきて、出高が少なくなってきた。

それで、はじめは地表を狸掘《たぬきぼ》りのようにして濫掘《らんくつ》していたものをしだいに技術がすんで、地下深く掘り下げていくようになった。すると今度は地下水が湧《わ》いて、このため掘鑿《くっさく》がむずかしくなった。湧水のためにせっかくの間歩《まぶ》(注)も放棄しなければならなかった。佐渡金山の歴史は湧水との闘いである。

坑内の排水はすべて人力であった。竜樋《りゅうひ》のようなものを使ったことがあるらしいが、たいした能率ではなかった。坑内では、湧水を人足どもが汲《く》み桶《おけ》に汲んで、受け船という四角い水桶に移す。それを一段高いところに梯子《はしご》をかけて、水桶で汲みあげ、別な受け船にまた移しかえる。順次にそういう方法を繰りかえして坑外に排水するのである。

水替人足は、鉱石を掘ったあとの空洞に、一本の丸太や丸太を削った梯子をさし渡して、その上に立ちながら車引きや手繰りで水を汲みあげる。ちょっとでも手放すと湧水が溜《た》まるから、一昼夜詰めきって、食事の交替のほかは休みのない労働である。だから「此の水替人足といふは、無期限に使役せられ、その苦役の状はあたかも生きながら地獄に陥りたるがごとし。その使役業体惨酷《ざんこく》にして、真に地獄の呵責《かしやく》もかくならんやと思はせたり」（清陰筆記）という有様であった。

注　○敷《しき》は舗《しき》とも書いて、坑内の掘鑿区間のこと。東西二丈程度に区切って、その頭の名をつけた。たとえば清吉敷というように。

○間歩というのは金銀坑のことで、たいてい発見者の山師の名をつけた。たとえば、甚五間歩とか称した。

六

暗い。

弥十は懸命に水を掻《か》いだしていた。汲んでも汲んでも、この湧水は地獄から来るように尽きない。桶は鉄の輪のはまった頑丈なものだが、水を汲むとひどく重い。

疲れた、という言葉は、ここでは無かった。少しでも手を休めると、どこからか鞭《むち》がとんできた。

「野郎」

とどなって、腰を蹴《け》られた。そのまま水溜まりの中に顔をまっとうに突っこんで倒される。もがくところを、棒で背中が腫《は》れあがるまで叩《たた》かれるのだ。棒を握っているのは役人ではなかった。同じ人足だが、古顔で敷内の差配人という役目をもらっているやはり流人なのである。

が、彼らはたいてい流人の側にはついていなかった。ひらの人足や新参の者をひどく扱うことで、見回りや見張りの役人に気に入られていた。

彼らの光った眼をうけて、寸時も休めなかった。肩の筋肉が麻痺《まひ》して、腕の感覚がなくなっても、鉄箍《てつたが》の桶は放されない。水をかいては水槽に流しこむ、機械のような動作は止められなかった。

「ひでえもんだ」

隣の人足が、低い声で呟《つぶや》いた。

「おら、江戸のご牢内のほうが恋しい。ここからみりゃあ、まるで極楽だったぜ」

背中にいっぱい児雷也《じらいや》の彫りものを背負った若者だった。歪《ゆが》んだ顔一面にふきだした汗が、釣り台の薄い灯に浮いていた。灯はこの敷内の諸所に、岩の裂け目にさしこんで暗く光っている。魚油なので、胸を悪くするような悪臭が籠《こも》っている。この臭《にお》いを嗅《か》ぎながら、この敷では二三十人の水替えが黒い影になってうごめいていた。

水の音のほかには、穿子《ほりこ》(坑夫)が岩を割っている音が絶えずひびいた。

「おう、昨日、一人、仏になったぜ」

そんな話はすぐ伝わった。一緒に送られてきた人間のことである。ここへ来て、もう六十日経《た》った。その間に死人が七人出た。道中で身体《からだ》が弱っているところへ、いきなりこの重労働だからひとたまりもなかった。

今にこっちの番だ、と誰もが思った。いつ帰されるか皆目見当がつかなかった。古顔の人足にきいてみると、もう五年ここにいる、という返事の者が珍しくなかった。神妙に働けば帰してくれると確かに役人の話だったが、と言うと、おれもはじめはおめえと同じことを考えていたぜ、と古参は答えて新参を落胆させた。眠ることと餌をもらう以外はなんのたのしみもない永久に絶望の世界であることが、着いて三日もたったらわかった。

わからぬことといえば、これくらい理不尽なことはなかった。弥十が牢を出て、友だちのところに一晩寝たら、蒼白い顔をした与力が、ぬっと眼の前に現われてきた。二年前に、彼を牢に送った同じ男である。

「弥十、気の毒だが、来てもらうぜ」

たったそれだけの言葉で引っぱられた。なんのことかわからず、その場に居合わせた友だちと顔を見合わせたものだ。

それから有無を言わせず、佐渡送りの組に入れられてしまった。抗弁すると、

「おめえのような前科のある悪党は、ご府内には置いてはならねえお達しだ。まあ、諦《あきら》めるんだな」

と鼻でわらって相手にしてくれない。

諦めろ、悪くあがくんじゃねえ、観念しな、と寄ってたかって役人どもは言った。言葉の責め道具である。その折檻《せっかん》に神経がすり減って本心の抵抗を失ってしまう。どうでもなれ、と自棄《やけ》になるのだ。やっぱり、いい度胸だと役人はほめてくれる。〝送ってしまう〟まで役人は魔術を心得ている。

「おれが、いったい、何をしたというのだ？」

ここにはいって、みんなははじめて喚《わめ》くのだ。こんな地獄の扱いをうけるわけはない。なるほど、前科はある。入墨はある。無籍者だ。しかしその時、悪い事を別にしていたわけではない。こんな地の底に押しこめられて働かされるわけはない。が、その喚きは声にはならない。今さら呼んでも叫んでも、どこにも届かない巨大な暗黒の

底を匍《は》いずりまわっているのである。

「おい、逃げよう」

と、二三日前にこっそり弥十に相談をもちかけた者がいた。信州無宿の男で、一緒にこの金山《やま》に送りこまれた男だった。

「逃げる？　さあ。万一しくじったら首は無えぜ」

弥十が気弱く言うと、男は、冷たい眼の色を見せて彼の側を離れていった。逃げられると思っているのか。しかし逃げることを考えている間が、ようやくの救いなのだ。そんなことでも考えて、淡い希望をもたなければ、生きる気力はない。そういえば、弥十の横で水をかいている児雷也の彫り物の無宿者も、桶で運んで水槽にうつしている坊主《ぼうず》崩れの男も、丸木の上にのって綱を手繰りあげている四十をすぎた博打《ばくち》うちも、そのほか影のようにうごめいているみんなが、心の中では逃げられる日を考えているのかもしれなかった。

「交替だぞう」

と差配人が言う。やれやれと言いたいが、咽喉から声も出なかった。自分の身体ではなかった。頭は霞《かす》んで考える力を失っていた。丸太を削った下駄《げた》梯子をよじ登っていくのがやっとの精力である。

敷口を匍い出ると、急に夕暮れの空があった。色彩が眼に飛びこんでくる。鼻腔《びこう》も口もいっぱいに開いて、飢えた空気をかきこんだ。

小屋頭が人数を点検している。弥十が、ぼんやり立って昏《く》れる空に見とれていると、誰やら傍に寄ってきた。

「おう、弥十はおまえか？」

身なりで山役人と知れた。頬骨の出た眉《まゆ》の太い顔である。光った眼で、無遠慮に顔をのぞきこんだ。

へえ、と弥十が返事すると、黙って自分の顔を遠ざけてその男は離れた。

「おめえのことを知っているお役人か？」

と横を歩いている坊主崩れが低声《こごえ》できいた。弥十は首を横に鈍く振った。彼には見当がつかなかった。

見当がつかないといえば、何もかもいっさいが見当がつかない。わかっているのは、何か辻褄《つじつま》の合わぬ、非常に不合理なことが、己れの思考に関係なく、回転していることであった。

七

黒塚喜介は着任した。それは地役人が弥十などの江戸水替人足（佐渡ではそう呼んだ）を宰領して渡島したあと、七十日遅れてからである。

喜介はくみを伴った。

くみは不服そうな顔もしなければ、うれしそうな顔もしない。何を考えているのか、亭主である喜介がわからぬくらいであった。江戸より三国越えで八十五里、海上十八里の旅も無感動についてきた。出雲崎で風待ち三日、荒波を渡って、うら寂しい佐渡にいよいよ上陸しても、さして心細い様子もしなかった。硬い表情は澄んで美しいのである。

弥十がこの島にいる、と言ってやったらどんな顔をするだろう。喜介は肚《はら》の中で小気味よい気持になって、意地悪な、しかし吸いこまれるような眼つきを妻の横顔にそっと当てた。小憎いほどととのった顔であった。

弥十のことは最後まで伏せておこうという決心は早くからついていた。この企《たく》みは、ちょっと愉快であった。くみの眼と鼻の先で、弥十を苦しめるのだが、彼女が何も知らないということが二重のよろこびであった。

孤島とは思えぬような山脈《やまなみ》が近づいてきて、船は小木とやらいう港にはいった。船着場には、大勢の出迎えにまじって、占部三十郎の顔があった。彼は誰よりも早く、喜介の前に進んで挨拶《あいさつ》した。

喜介は用意された駕籠《かご》に乗った。くみは後の駕籠に人に扶《たす》けられて乗っている。出迎えの者の眼が、くみの顔に集まっていた。土地の連中の眼は単純に驚嘆を表わしていた。それに喜介は満足である。

三十郎が、耳もとに口を寄せてきて、

「黒塚さま。仰《おお》せつけの弥十と申す人足のことは、手抜かりなくいたしております」

と呟いた。彼の臭い息を我慢すれば、この言葉も満足であった。喜介はうなずいた。

駕籠は、途中で休息しながら進んだ。休むたびに地役人の接待は丁重である。空は晴れているのに、左手に見える海の沖には絶えず白い波頭が立っていた。

峠の道を上ったところで、駕籠はまた降りた。三十郎が傍に寄ってきて、

「黒塚さま」

と呼びかけた。

「あれをごらんなさいませ」

と道端の疎林《そりん》の中を指した。そこには丸太で一本の棚が組んであった。棚の上には、風に動く梢《こずえ》の影をうけながら、五つの生首が黝《くろず》んだ色で腐りかけていた。

「ううむ、仕置人か?」

喜介は駕籠の垂れをあけて見入った。

「さよう。いずれも島抜けを企てた水替人足どもでございます」

憶《おぼ》えておこう、と喜介は思った。すぐにどうという計画は浮かばないが、漠然と弥十の首を、その棚の上に晒《さら》す瞬間のことを考えて、ある安らぎを覚えた。

相川の町は、荒い海に向かって細長くひろがっていた。北の強い風を押えて屋根には石がならべてある。石屋根は段々の丘陵を後にせりあがっていたが、この傾斜を見おろして金山へ上る中腹には、広大な奉行屋敷と役宅がならんでいた。

喜介の役宅は、もう掃除が行き届いていたし、屋敷も江戸のものとくらべるとはるかに広かった。庭に出ると、眼の下には古い寄木をならべたような町の屋根が沈んでいて、岬で区切られた海がその上に、江戸の沖では見られない色でひろがっていた。

「やれやれ、寂しいところだ」

喜介は心の中で舌打ちした。

しかし長いことではない。二三年の辛抱だ。おれは横内さまを握っている。あの仁はおれを見捨てはしない。必ず江戸に出世して帰れる。ここでは、せいぜい忠勤を励むことだ。

夜は座敷から暗い海に燃える漁火《いさりび》が見える。風に送られて、海辺から微《かす》かな人の声が聞こえたりした。

「どうだ、寂しくはないか？」

思わず、わが心を考えて、くみをふり返ると、行灯《あんどん》の光に顔の半分をほの明るく浮かせた妻は、相変わらず硬い表情をして、

「いいえ」

と乾いた声で返事をした——。

翌日から喜介は忙しい。それは金山方広間役としての仕事初めであったが、一通りの事務を見ると、占部三十郎に案内されて金山諸所の間歩を見まわった。

奉行所を出ると、そのまま爪先《つまさき》上がりの山道にかかった。一方は渓谷になって、川が底を流れている。この山峡が狭まるとはじめての間歩番所があった。番所の詰役は総出で喜介を迎えた。

「あれが」

と三十郎は行く手の方を指さした。

「青柳間歩でございます」

赤焼けたその山の天頂は鑿《のみ》を打ちこんで抉《えぐ》ったように割れていた。

八

この山岳一帯が金銀山であった。道は起伏した山の襞《ひだ》を這《は》って、縺《もつ》れた糸を置いたように作られている。山には一つ一つ名前があった。『割間歩』『中尾間歩』『青磐間歩』『魚越間歩』『雲鼓間歩』『甚五間歩』。それを三十郎は喜介に丁寧に教えて歩く。

それぞれの間歩には、横穴のような敷口がいくつもあった。杉の丸太で天井を四つ留めに組んだ坑口は人間の出入りがやっとできるくらいな狭さであった。敷口には番人がいて、喜介と三十郎を見て、あわてて頭を下げた。穿子、山留大工（支柱夫）、荷方（運搬夫）などが、敷口から釣り灯をさげて出入りしていた。みんな半裸の格好だが、穿子は臀《しり》に短い茣蓙《ござ》を垂らしている。どれを見ても、どす黒い蒼い顔色をしていた。

「あれらは、まっとうな職人でございますが」

と三十郎は説明した。

「水替人足どもは、この敷口より地の下、百尺、二百尺のところで働いております」

「うむ」

喜介は、にわかに熱心な顔色になった。

「弥十はどこで働いているかな?」

この問いをうけて、三十郎の顔には、おもねるような薄い笑いが浮かんだ。

「梟《ふくろう》間歩でございます」

ここからは見えぬが、と三十郎は山の頂上が複雑に重なりあった方に指をあげた。

「梟間歩は、いちばん厄介なところでございます。湧水がもっとも多く、敷がせまく、岩石の落盤もたびたびございます」

喜介はじっと三十郎の顔を見た。

「はじめからそこだったのか? いや、弥十のことだ」

「いえ、手前が近ごろその間歩に移しましたので」

三十郎は、顔から笑いを消さずに答えた。

喜介はそれには別に返事をしなかったが、心では、なるほど、こやつ、使えるな、と思った。が、山役人には惜しい機転の利《き》きようで、この男が少し薄気味悪くもあった。

「黒塚さま」

山道をくだりながら、後から従ってきた三十郎が、あたりに誰もいないのに、それが彼の習性であるのか、はばかるような低い声で呼びかけた。

「なんだな?」

「いつぞやのお話、まことでございましょうな?」

「話?」

「それ、手前が江戸へ転役になるお願いでございます」

三十郎の声には、女のような媚態《びたい》があった。

そのことか、と喜介は合点がいった。この男、なるほど心利いているだけに、出世欲も旺盛《おうせい》なのだ。前に江戸に出たときに、喜介自身がその餌《えさ》で釣ったのだから、もしかすると、その旺盛さは喜介が煽《あお》ったことになったのかもしれなかった。

「むろんだ。拙者は請けあったら忘れぬ男だ」

喜介は気軽に答えた。その言質《げんち》と、弥十のことをこれからもこの男に働かせる意志とが、黙ったまま、取引きになっていることを彼は感じた。

「ありがとうぞんじます」

三十郎は、感激したような声で、丁重に礼を述べた。

「なんだか夢のような気がいたします。手前も、このまま、この山の中で一生を終わるのかと思っておりましたが、江戸に転役が叶《かな》うとは天にものぼる心地でございます。あなたさまのおかげでございます。ありがとうございます。この御恩のためには、手前、犬馬の労を厭《いと》いませぬ」

三十郎の卑屈な言葉の中身には、取りすがる懸命なものがあった。この男は必死に浮かびあがろうとしているのだ。出世の機会を彼は摑《つか》んで、振り落とされまいとしている。

喜介は、この三十郎がわらえない。彼としても横内利右衛門という出世の蔓《つる》に縋《すが》っているではないか。

「わかっている。もうよい」

喜介は、身につまされて、少し邪険に言った。

恐れ入りました、と言って、三十郎はしばらく黙っていたが、やはり、それだけでは不安らしく、遠慮がちに礼を重ねて述べた。

喜介は、ふと、足をとめた。それは相当、道を降りたところだったが、向かい側の山腹にかなり大きな洞窟《どうくつ》を見つけた。洞窟といってもよいほど、その穴の入口は荒れ放題に雑草や木が茂っていた。

「あれは、なんだな？」

喜介が顎《あご》をしゃくると、三十郎はすぐに答えた。

「は、あれは古敷と申しまして、昔掘った古い敷口でございますが、金銀が出ませぬため、今は廃《すた》れております」

「うむ。奥は深くまで掘っているのかな？」

「さよう。ずんと奥が深うございます。それに十間ばかりはいりますと、急に地下に掘り下げた穴がございますので、知らぬ者がうっかりはいると危のうございます」

「その穴に落ちると、死ぬか？」

不用意にその質問が口から出た。

「はい。生命《いのち》はありませぬ。何しろ、落ちたら最後、二三十尺ございますし、這いあがる手がかりはなく、古敷のことゆえ、籠《こも》った砒霜《ひそう》の毒気に当てられて、飢え死にする前に、気絶して果てることは必定でございます」

「そうか。危ないな」

喜介は、軽くうなずいたが、眼はじっとその廃坑の穴に注がれていた。

九

横内利右衛門直利《ただとし》が、新任支配組頭として佐渡に着いたのは、喜介より十日遅れていた。むろん小木までの出迎えは喜介のときよりも盛大で、喜介自身も先頭で迎えた。

「おお、ご苦労であった。ご内儀も無事に着かれたかな?」

と横内は喜介をいたわり、愛想よく、自分が仲人したたくみのことまで気にかけてくれた。

「かたじけのうぞんじます。つつがなく着きましてございます」

よかった、と言って、横内は鷹揚《おうよう》に微笑してあたりを眺めまわした。喜介は、それを見て、自分の横に低頭して控えている三十郎を紹介することを忘れなかった。

「横内さま。これは占部三十郎と申し、旧《ふる》くから大間番所役を勤めておるものにござります」

それにも横内は、うなずき返した。四十を出たばかりの働きざかりで、でっぷり太って貫禄《かんろく》もあった。ご苦労、ご苦労、と出迎えの皆に言う鷹揚な愛嬌《あいきょう》もいたについていた。佐渡支配組頭という新しい役は、この人の出世の道順の一つで、いずれは江戸にかえって西丸御目付か番頭、ゆくゆくは勘定奉行になる器量人だとは、一般の噂《うわさ》である。

喜介が横内に縋りついている理由もそこにあった。この人についておれば己れの累《るい》進《しん》も間違いない。おれはこの人に目をかけられている。女房の仲人もしてくれた。普通の間柄ではない。第一の腹心を自分で志している。

それで、横内が着任して、五六日たってから、ひそかに喜介が呼ばれて、横内からこんな話があったときは、喜介は内心よろこんだのであった。

「当地はやはり田舎じゃな。江戸を出るときから覚悟はしていたが、これほどとは思わなんだ。何せ、金銀宰領や役人の交替、そのほかのことで江戸表とは頻繁に人の往来がある土地なので、もっと開けていると聞いたが、わしの思い違いであった」

という話のはじまりはなんのことかと惑って、喜介は、

「まことに――」

とあいまいな相槌《あいづち》を打って、あとの言葉を待った。

「いや、女中どものことじゃ」

と横内は、太った頸《くび》のくびれを襟からのぞかせて言った。

「土地の役人どもが、女中を置いてくれたのはよいがの、どうもがさつでいかぬ。鄙《ひな》

びているのは野趣があって当座はよいがな、一カ月とは辛抱ができぬ。もっと行儀がほしい」

「ごもっともでございます」

喜介ははじめて納得した。横内は、このたびの赴任に妻を連れてきていなかった。もとから病身だし、夫婦仲もあまりよくないらしいという風聞も一部にあった。ひとりで赴任してきた横内には、しじゅう目《ま》のあたりに動いている女中どもが、がさつで無作法なら、なるほど、やりきれないであろう。

「それで、どうであろう。ご内儀のくみどのを、しばらく女中どもの行儀躾《しつけ》の指南として、わが屋敷に来てもらえぬかな？　むろん、昼間だけのことじゃ」

横内は、やさしい眼つきをして、喜介をのぞきこんだ。

「ふつつかもののくみに、仰せのことができましょうか？」

と喜介はいちおう言ったが、もとより言葉のうえの挨拶で、喜介は横内がそう言ってくれたことに満足だった。

「くみどのなら、わしが貴公にお世話したのだから、わしのほうがよく知っている。申し分がない。立派なものだ。では、承知してくれるか？」

「は。横内さまさえ、よろしければ」

「かたじけない。では、お頼み申すぞ。よろしくな。いつもわがままを言ってすまぬ」

横内は、にこにこ笑って、上々の機嫌であった。

喜介もよろこんだ。これでいっそう横内の信任を得るであろう。出世のうえに、上役との私的な接近がどのように強いかを、喜介は役人生活で知っていた。

くみをしばらく横内の屋敷に通わせよう。その間に、こっちは弥十のことにかかろう。そうだ、それがよい。

喜介は帰って、くみに横内の話を言ってきかせた。どんなに彼女が不機嫌でも、これだけは承知させねばならぬ。

くみは、しかし、瞳《ひとみ》を沈めて、かすかに夫の意に従うことを表示した。

「そうか。行ってくれるか。それはありがたい。わしのためになる。わしの出世になることだ。よくつとめてくれ」

喜介は、くみが承諾したことで、正直に有頂天であった。そのため彼は子細にくみの複雑な表情に気がつくことができなかった。

十

ぱらぱらと小石が水の上を撥《は》ねるように落ちた。

水を汲《く》んでいる弥十は、はっとした。彼だけではない。横にいる上総無宿《かずさむしゅく》の喜八も、川越無宿の音五郎も、そのほかの水替人足も、いっせいに水桶を動かす手を止めた。それだけの無気味さを、最初の小石の落下は意味していた。

皆が不安そうな顔を見合わせた。顔を見合わせるといっても、相手の表情までさだかにわかるわけではない。岩の罅《ひび》にさしこんだ吊《つ》りあかしの魚油の灯が手もとだけ明るくしている。敷は狭く、背伸びもできぬくらいである。

つづいて、大きな石が飛沫《ひまつ》をあげて落ちてきた。腹にこたえるような唸《うな》りが暗い敷の奥に聞こえたのは、弥十たちが桶を投げるのと同時だった。

「来た」

と誰かが喚《わめ》いた。その間にも、石が水に霰《あられ》のように降ってきた。留め木の折れる音が豆でも煎《い》っているように聞こえた。

みんな、競《せ》めあって逃げた。梯子《はしご》をどう登ったかわからない。大きな音響が後ろから追いかけてきた。叫んでいる者もある。念仏を唱えている者がある。手足が本能で動いていた。暗くなったのは、次々に灯が石の下に叩《たた》き落とされていったからであろう。夢中で手と足とを掻《か》いて、弥十は匍《は》った。虫が必死に這っているのと同じだった。梯子をまた登った。後から後から人間がその梯子を奪った。重なりすぎて、人間を抱かせたまま、梯子は空洞を滑って、下層へ転落した。悲鳴があがっている。その絶叫が岩石の落下の音にのまれた。

うすい明かりが前方に射《さ》してきた。

「助かった」

はじめて意識らしいものが働いた。弥十はそれへ匍いつづけた。敷口からは人影がばらばら近づいてきていた。手を誰かにつかまえられて引っぱられた。胴体が地をずるずる摺《す》った。

「二十一だ」

という声が聞こえた。二十一人めに敷口へ辿《たど》りついたのが自分だなと思った。

「二十二だ」

と同じ声がまたした。それを聞きながら、気が遠くなった。

弥十が気がついた最初は、ばかに蒼い空が見えたことだった。光があふれて眼があけられなかった。顔を横にすると、血だらけの人間がいくつも寝ていた。唸っていた。すわっている人間もいた。立っている人間もいた。皆、身体《からだ》に塗ったように血をつけていた。

そのとき黒い人間が来た。二三人だった。彼らだけ元気に歩いていた。

「これだけか？　まだ坑内《なか》には何人残っているのだ？」

黒い人間は横柄《おうへい》にきいていた。黒い人間と思ったのは山役人だった。裸と違って、着物をちゃんと着ていた。ぼそぼそと何か誰かが言っていた。

「野郎、甘えるな！」

とつぜん、役人の棒が宙に動いて光った。

「その言いぐさはなんだ。ふざけるな」

鈍い音が聞こえた。ひいひいと泣き声があがった。

「お上のなさることだ。手めえらの口を出す分じゃねえ。いい声だ。もっと歌え」

音が高くなると、悲鳴も高くなった。寝ていて眼をつむっていた者までが半身を起こしてその光景をのぞいた。

「野郎。生命《いのち》拾いをしたくせに御託をならべやがって。利いたふうなことをぬかすと承知しねえぞ。やい、やい。手めえら、仲間が敷内で死にかかっているのに、知らぬが仏か。不人情者め。動け。ええい、動け」

しかし彼らだけではどうにもならぬことをさすがに山役人も悟ったらしかった。ぼそぼそ言いあった二三人の黒い影は、奉行所に助勢を頼みにいくのか、山下に急に降りていった。

「なにを！　甘えるなと。てやがんでえ」

どなったのは、今、棒叩きにされて仰山な悲鳴をあげたばかりの男であった。甲州無宿の入墨者で、雲切小僧というあだ名を持つことを自慢していて伝吉といった。

「この間歩が初めから危ねえことはわかってらあ。大工せえ怖《おつか》ながって敷内《なか》にへえらねえのだ。穿子《ほりこ》だって遁《に》げ腰だあな。いつ落盤《しけ》をくうかわからねえと念仏唱えて穿ってるぜ。おれたちァ、何も好きこのんでここに来たわけじゃねえ。生命まで捨てる義理はねえ。おう、みんな。下役人じゃわからねえ、こんな間歩はごめんだとお奉行に訴えようじゃねえか」

そうだ、そうだと皆がその声に囃《はや》したてる。おらあ女房子がある。無事な顔を見るまで生きていてえ、という者がいる。こんなところで死んでは、死んでも死にきれねえ、という者がいる。もうこの間歩にはいるのは、二度とごめんだという者がいる。

「ようし」

と立ちあがったのを見ると、背中の滝夜叉姫《たきやしやひめ》の皮が破れて血を出している川越無宿の音五郎であった。

「お奉行に訴えろ。それが無理なら、支配組頭さままで訴えよう。ここにいる者がみんなで頼むのだ。やい、弥十、どうだ」

弥十は、さっきから、なぜ、自分がほかの間歩からこの危険な梟《ふくろう》間歩にまわされたか、を考えているところだった。急な命令が出て、ここへ移されたのは、彼ひとりだった。理由は何もわからなかった。

ただ、そのことを命令したのが、いつか彼の顔をのぞいた眼の鋭い役人だったことだけである。

それに、わかっているのは、その役人がたいそう自分を憎んでいるらしいことだ。これもそう感じるだけで、なぜ彼から憎しみを受けねばならぬか理由は少しもわからなかった。

ひょっとすると、今の落盤も、そのことを予期して、自分を殺すために、この間歩に移したのではないか——という疑惑がふと浮かんだので、そのことを考えていた矢先、音五郎に呼びかけられたので、

「い、いいとも!」

と吃《ども》りながら返事した。

十一

「なに、強訴《ごうそ》する?」

三十郎の報告を聞いて、黒塚喜介は、思わず強い眼を彼に戻した。

「流人《るにん》どもがか」

「さよう。山犬どもが騒いでいるそうにござります」

三十郎の答えに、黒塚喜介はむずかしい顔つきをした。

「ご心配はいりませぬ。こういう時の掟《おきて》がございます。奴《やつ》らを敷内追いこみにいたさせます」

「どういうのだ、それは」

「されば、二十日、五十日と罪により日数を定めまして、その間、一歩も外へは上げず、敷内に押しこめまして水替えさせるのでございます。たいていの山犬もこれには困窮いたし、顔色は青菜のように変わり、水に溺《おぼ》れた鼠《ねずみ》のごとく相成ります。米は一日三合二勺《しゃく》に減らし、塩少々を与えるのみで、昼夜こき使いますから、とんと餓鬼《がき》同然、いかなる拷問《ごうもん》にも勝り、これほどの仕置きはございませぬ」

喜介の顔色が動いたのを見て、三十郎は口を寄せて臭い息を吐いた。

「黒塚さま、弥十は落盤で死んだ三十四人の中にははいっておりませぬぞ」

なに、と喜介は眼をむいた。

「奴めは運よくのがれております。しかし、強訴の組でございますから、むろん、敷内追いこみお折檻《せっかん》にいたします。はははは。今度は、身体《からだ》の弱い奴は、これまでの例からみて、相当死んでおりますからな」

うむ、と生返事をしたものの、喜介は三十郎が少し気味悪くなってきた。人の心を読みとることの速さ、先々と先まわりして手を打つことの抜け目なさ、それを冷酷に、興がってやっているようにみえる。

「うぬ、死ぬか」

喜介は、意味なく呟《つぶや》いた。

「死にますな」

三十郎の答えは快活にすぐ響いてきた。

「芋虫のごとく、青ぶくれして死にます。なに、獄門台に晒《さら》し首になるよりは成仏《じょうぶつ》できます」

眉《まゆ》も動かさずに言って、この座敷から見える外の景色へ眼を向けた。海は荒れていて左手に出ばった春日岬に白波が上がっていた。

「今日もしけておりますな」

と三十郎は海のことを言った。

「このような荒れでも、奴らは舟を出しますでな。油断がなりませぬ」

やはり流人の話だった。

「逃げたい一心でございますからな。いえ、遁《に》げてもむだでございます。すぐ捕まります。いつぞやは水替人足五人が松ケ崎村と申す所より、漁船を奪い、真更川《まさらがわ》沖に漕《こ》ぎ出ましたが、地方役人どもが船で追いかけて捕えました。また、この内海を横ぎりまして沢崎村へ上がり、宿根木《しゅくねぎ》と申す岩穴に隠れている奴もございましたが、難なく捕えて死罪にいたしました。運よく舟を出しましても風の具合で能登に流れつき、そこで捕われて送りかえされた者もございます。所詮《しょせん》は無益な悪あがきでございます。逃げおおせるものではございませぬ。とどのつまりは、打ち首にされるだけでございますからな」

それから、ごめんと言って、腰から莨《たばこ》を抜きとり、黒ずんだ銀の煙管《きせる》を手にもって、鼻から煙を吐いた。

彼はあたりを見まわすようにしていたが、急に話題をまた変えた。

「それはそうと、いつぞやお迎えの時にお眼にかかった奥さまに、とんとご挨拶《あいさつ》いたしませぬが」

いや、それはよいのだ、と喜介は遮った。実は、横内さまのご所望で、お屋敷へ女中どもの行儀を躾《しつけ》に上がらせている、と答えると、

「横内さまに」

三十郎の眼が熱心なものになった。

「さようでございますか。とんと存じませなんだが。横内さまのお屋敷でございますか。お行儀をお教えとはもっともでございますな。何しろ土地の女どもは、島の磯育《いそ》ちばかりで——」

と言ったが、その瞳は言葉とは離れて、何か別なことを考えるような色になっていた。

三十郎が帰ったあと、喜介は縁に出て、ひとりで海を見ていた。今日は非番で身体が暇になっている。が、何か心に荒《すさ》むものが揺れていた。裏のほうで下僕の声がしたが、それも聞こえなくなった。

くみの姿はむろん無い。毎晩、かなり遅いのであった。横内利右衛門が、いつか喜

介に礼を言った。女中どもの行儀がおかげでずんとよくなった、と満足気だった。いつまでもお内儀に世話かけてすまぬとも詫《わ》びた。

喜介にとっても、そのことはうれしい。横内の心証をよくすることは、先々の出世のためである。よくやってくれると、くみをほめてやりたいくらいである。

が、なんとなくわびしい。くみのいないせいだと自分でもわかっていた。心の荒みはそのためであろうか。もう横内さまにお願いして、くみに暇をいただかせようか、とも思うことが多くなった。

それに、何かと気を使うのであろう、くみはひどく疲れて帰る。普通の夫婦のように、本心を打ちあけて言わぬ女だから、何を思っているかわからぬが、喜介には、いつまでも落ちつかぬ苛立《いらだ》ちである。

すると、喜介の胸には、くみをこのような性格にした弥十への嫉妬《しっと》が燃えてくるのだった。

「いっそ殺すか」

三十郎の話していった言葉を思いだし、自分で呟いてみて、その効果を考えはじめた。

十二

「今日で、二十日を過ぎました」

占部三十郎が喜介に報告した。

「敷内追いこみは、あいつらもやはり参っているようですな。とんと意気地がありませぬ。江戸で暴れた入墨者も、ここではぐうの音も出ませぬ。犬のように舌を出して息を吐いております。一度、敷内にはいってごらんなさいますか？」

喜介が、いずれそのうちに、と答えると、三十郎はぜひ見るがよい、と勧めた。

「そうそう、弥十ですが」

と彼は言った。

「あれは、見かけによりませぬな。あまり弱っていないのです。あんがいでした。以前はどんな素姓の男ですかな？　武術でも稽古《けいこ》して鍛えた身体のようですが」

「知らんな」

喜介は眼をわきに逸らした。三十郎はそれを探るような眼で見ていたが、

「なに、いずれそのうちに参ってきます。どんな男でも、ここでは例外がありませぬ

でな」

と唇の端でうすく笑った。

それから別れるときに、彼はまた口を寄せて低く言った。

「手前の妹が今度、横内さまのお屋敷に奉公に上がりました。十日前からですが、奥様には種々とお世話さまになっていることとぞんじます。よろしく仰《おお》せくださいますよう」

それだけ言って一礼すると、右肩を上げた背中を見せて離れていった。

喜介は息をのんだ。三十郎の油断のなさが彼の五体を敲《たた》いた。空恐ろしいくらいである。

喜介の妻が横内の屋敷にいると聞くと、たちまち自分の妹を横内の奉公に出した。喜介を通りこして横内に取り入ることが近道だと考えたのかもしれない。

どんな隙間《すきま》でもはいりこんで出世の蔓《つる》を摑《つか》もうとする三十郎の気迫のすさまじさには、喜介もたじろいだ。出世の執念にかたまった男である。

その夜、帰ったたくみに喜介は言った。

「占部という男が妹を横内さまのお屋敷に出したそうな。おまえによろしくと申していたぞ」

ふだんなら、細く通った鼻筋を真横に見せて冷淡な顔のくみが、それを聞いて珍しく表情があった。

「その方、組の方でございますか？」

思いなしか瞳《ひとみ》がきらりと光った。

「うむ。わしの配下になっている。目はしの利《き》く奴だ。その妹だ」

そうですか、と返事があったが、それきりのことだった。また面のような顔にかえって、冷たく座を立っていった――。

そんなことがあって、十日も過ぎたころである。

喜介は蒲団《ふとん》の中で、うとうとしかけると、不意に戸を叩《たた》く者があった。中間が起きて何やら聞いていたが、直接に玄関から呼びたてたのは占部三十郎だった。

「黒塚さま、黒塚さま」

あわただしい声である。

「大事でございます。水替人足が遁走《とんそう》いたしました。すぐにお出あいくだされませ」

おお、と答え喜介は支度にかかった。くみはと見ると、まだ姿がない。今晩の帰宅はずいぶんと遅いな、と心で舌打ちした。その時、ふと喜介の心には、脱走した水替人足の中に、弥十がいるような気がした。

くみのいない不満が弥十への憎悪《ぞうお》に移ったのはこの一瞬であった。弥十がここで水替人足をしていようなどとはくみは夢にも知るまい。まして、彼をここで殺しても、くみにはわからぬことだ。えもしれぬ快感が血の中に逆流した。

「待たした」

と玄関を出ると、三十郎は身ごしらえして提灯《ちょうちん》を持って待っていた。ご苦労にぞんじます、と彼は挨拶して、

「遁《に》げたのは、敷内追いこみの連中でございます。番所役人の油断を狙《ねら》って出たようです。ただいま、高瀬村の方へ追っております」

「弥十は、その中におるであろうな?」

「まず、十中八九、加わっているとぞんじます」

山を越えると、暗い海がひろがってきた。海からは人の叫びが聞こえ、赤い火が四つ五つ浮いて動いていた。足もとは断崖《だんがい》で、黒い海は真下で音をたてていた。

銃声が海の上に起こった。

「ははあ、やりましたな。こちらから撃ったのです。火のある舟が追手で、流人どもの舟は暗くて見えませせぬな」

三十郎は指でさしていた。が、指先は暗くてわからない。

「ほう、どうやら追いついたようですな。二つの舟で挟んでおります」

なるほど赤い火は二手にわかれて進んでいたが、しだいに接近するかたちに動いてくる。潮を含んだ風は、人の騒ぐ声をしきりと耳に運んできた。

また、銃声が暗い中から起こった。

「なかなか、やりますな」

三十郎はうれしがっていた。右手に持った提灯を高く突きだして、海の方に振った。いかにも愉《たの》しくてならぬという様子を示していた。

松明《たいまつ》の燃えている舟は、両方からいよいよ近づいた。罵《ののし》っている声が強くなった。火はついに一点に合った。その隙間の、わずかに黒い部分を残しているのが、逃亡者の舟であろう。物を打ちあう音が聞こえた。

「捕えました」

三十郎が、勝ちほこったように言った。

喜介は、その舟に乗っている弥十が追手から取りおさえられている様子を想像していた。それはすぐに、いつか見た峠の上の仕置場に晒《さら》してあった腐った首につながった。

いつかあの台の上に弥十の首を据える時がある、と思った日が、あんがい近かったな、と考えていた。

その時、三十郎の提灯を目当てに捜してきたらしい、敷口番人が走りよった。

「占部さまですか?」

「そうだ。逃げた人間の名前はわかったか?」

「へえ」

番人は三十郎の傍に近づいて話していたが、海からの風が声を裂いた。

三十郎は聞きおわると、喜介の方に向かって、大きな声を出した。

「黒塚さま。弥十は逃げておりませぬ。敷内追いこみの期限が昨日で明けたので、水替小屋にいるそうです。逃げたのは、別の連中でした」

十三

黒塚喜介は、ひとりで水替小屋場に行った。谷のような場所に、日陰を選《よ》ったように建てられてある。ぐるりと石垣を囲んで、矢来が立っていた。夜目にも牢《ろう》という感じだった。

まだ起きていた番所の者に言いつけて、弥十を連れてくるように命じた。喜介はそこで待っていた。

今夜は、どうしても弥十を始末つけねばならぬ逼迫《ひっぱく》したものに、彼の気持は奔《はし》っていた。

思慮がなくなって、一途《いちず》に何かに燃えさかっている本能的なものと同じだった。ぎりぎりのところに、今、来ていると感じた。自分でも今夜をのがしたら、二度とこんな感情になるかどうかわからぬくらい激しいものを覚えていた。この決心をつけさせたのは、逃亡者のなかに弥十がいないと聞いた時からだった。

山が迫って、星の薄い空は狭い部分に区切られていた。見えないところに、遅い月がのぼったらしく、空はあかるかった。

戸が開く音が遠くでして、やがて黒い影が二つこちらに歩いてきた。

「旦那《だんな》、連れてまいりました」

うむ、と答えて、その後ろの弥十の影を見つめた。番人には、この男に用事がある、と断わって、ついてこいと身振りした。

弥十は黙ってついてきた。喜介は山道を歩いた。行く先は、もう決まっていた。いつぞや三十郎から案内のときに見せてもらった古敷(廃坑)である。その奥に連れこみ、二度と生きては上がれぬという竪穴《たてあな》に相手を突き落とすのが、喜介の企《たく》みで

あり、弥十を待っている運命であった。喜介は歩きながら、自分の身体《からだ》に小さな慄《ふる》え
が起こっているのを感じた。
弥十は、黙って従順についてきた。どのような危険が前途にあるのか少しも疑わぬ
ようであった。
番人から、役人が用事があると言わせて名前を聞かせてなかった。夜では、顔もわ
かるまい。わかっても、弥十のほうが憶《おぼ》えているかどうか。こちらは忘れてはいない
のだ、三年前、くみの父親の家で見た顔だ。いや、くみを憎悪《ぞうお》する時も、愛撫《あいぶ》すると
きも、この三年間、きまって喜介の眼に浮かんでくる顔だ。
月がのぼったらしく、山のかたちを影で描いた。向こうの高い山には明るい月光が
当たり、二人のいる部分は暗い陰につぶれていた。
「弥十だな?」
見覚えの廃れた敷口の前まで歩いてきて、喜介は弥十にはじめて言った。
「へえ」
と弥十は応《こた》えた。
「おまえに話がある。この中にはいってくれ」
これにも、弥十は、ただ、

「へえ」

と答えただけだったが、初めて疑問を起こしたらしく、臆病《おくびよう》に退った。その言葉も動作も、御家人のせがれだったという名残りは少しもない。これに喜介は改めて腹が立った。くみへの嫉妬《しっと》と同じ腹立ちだった。ぐいと弥十の腕を摑んで、敷口の内に引っぱった。

天井も高く、大きな穴だが、湿気と土の臭いが陰気に鼻を襲った。が、喜介の足はそこで急にとまった。

この穴の奥に人の声がしたのである。それも最初の一声が女のそれだった。喜介には毎日聞いている忘れられぬ女の声であった。

喜介は弥十を抑えて、壁に身をつけた。得体のしれぬ恐怖と疑惑に、身体が大きく震えだした。

「わしをこんなところに、ひきずりこんでどうするのだ?」

喜介の耳は、奥から聞こえるその声にまた動転した。それも、毎日、役所で聞いている権威のある声だった。支配組頭の横内利右衛門のものにまぎれもなかった。

「あなたの最後の決心をお聞きしましょう。このうえ、もう耐えられません。ここで、きっぱりわたしも決まりをつけます」

くみの声だった。喜介が三年の間、知るかぎりでは、決して聞いたこともないくみの上ずった声だった。

「わしの気持は決まっていると何度申したらよいのか。いつまでも、おたがいにこんな関係をつづけているのはよいことではない。別れてくれ、他人になろう」

喜介は、あたりがにわかに真空のようになって、耳鳴りがしてきた。

「卑怯《ひきょう》です。あなたは、三年前、わたしをなぶっておきながら喜介に嫁がせました。それも奥さまには内密、私の父にも内密に取りつくろい、わたしが手に負えなくなりそうなので、喜介にくっつけました。自分で仲人《なこうど》したほどの恥知らずの人です。それですまず、こちらに渡ると、またわたしの身体が欲しくなって屋敷に呼びました。ひどい人です」

「わかった。もう、よい。何度も聞かせてもらった話だ」

「いえ、横内さま。あなたは、わたしの心を知りすぎるほどごぞんじなのです。わたしは、あなたの言うとおりになります。どんなことでも守ります。ね、捨てないでください。こんな口をきくのも、あなたから離れたくないからですのよ。ね、後生です」

それは、喜介が知っている冷たいくみとは別人ののぼせた声だった。

「もうよい。これが諦《あきら》めどきだ。わしもそなたとのことが役所にわかると何かと、まずい。そなたも、喜介に知れたら、どうするのだ？」

「今さら、何を言うのです。もう一度、お願いします。捨てないでください。ね、捨てないで。会うなとおっしゃれば、いつまでも辛抱します。ですから、捨てないで」

「もう、やめろ、きれいに諦めろ」

「横内さま」

「う、なんだ？」

「あなたは、やっぱり占部の妹に気を移しましたね？」

「何を言う」

「いいえ、かくしても知っています。あなたの眼をしじゅう見ているのです。わたしをごまかせると思っているのですか。わたしにとっては、あなたは初めから夫と同じでした」

　横内が鼻を鳴らしてわらう声が聞こえた。

「何を言うのだ。そなたには、わしより以前に、御家人とかのせがれがあったはずだ」

「あの人とは何もありませんでした。途中でわたしを奪ったのは、あなたです。あなたがわたしを女にしました」

「その男が好きだったと、昔、そなたから聞いたな」

「たあいない話をして、ごまかさないでください。今から考えれば、子供のようなことです。女は、はじめの男から離れられないものです。あなたの言うとおりに、死にたいような恥を忍んで喜介のところへ嫁いだのも、そのとき、あなたから怒られたくなかったからです」

「それなら、これきりだ。もう、そなたには無理を言うこともない」

「どうしても気持を変えてくださいませぬか」

「別れよう、な」

「どうしても？」

「な、何をするのだ、わしを押して」

身体がぶつかって、足が乱れる音がした。

「もう一度、お願いします。す、捨てないと言って！」

「くどいな」

「横内さま。この古い穴は、わたしが山役人のある人から聞いて、前に確かめにきたことがあるのです。奥の竪穴に落ちると生きては戻れません。死にましょう」

「なに、あ、何をする！」

女が必死に自分の身体を押しつけたらしかった。喜介の耳には、雷鳴よりも大きな音響だったが、棒のように動くことができなかった。この間ぎわまで、彼が飛びだすことを縛っていたものは、上役という権威に対する本能的な哀《かな》しい懼《おそ》れであった。身体は萎縮《いしゆく》していた。

「死にましょう」

最後のくみの声が男の喚《わめ》きを押えて、もっと奥の、ずっと下の方へ、音たてて消えた。おびただしい石や土が落ちる響きがすぐに起こった。しばらくは、その音が地の底に引きずるようにつづいた。

喜介はその場に、しゃがみこんで、いつまでも動けなかった。気がつくと、弥十はとうに逃げてしまって姿がなかった。喜介は顔を両手でおおって泣きだした。

月光は、いつのまにか、この廃坑の入口まで歩いてきているのだった。

小川の辺《ほとり》

藤沢周平

藤沢周平（ふじさわ・しゅうへい）

一九二七年、山形県生れ。山形師範卒業後、結核を発病。上京して五年間の闘病生活をおくる。七一年「溟《くら》い海」でオール讀物新人賞を、七三年「暗殺の年輪」で直木賞を受賞。時代小説作家として、武家もの、市井ものから、歴史小説、伝記小説まで幅広く活躍。代表作に『用心棒日月抄』シリーズ、『密謀』『白き瓶』（吉川英治文学賞）『市塵』（芸術選奨文部大臣賞）『蟬《せみ》しぐれ』『橋ものがたり』『たそがれ清兵衛』などがある。九七年死去。

一

戊井朔之助《いぬいさくのすけ》が入って行くと、月番家老の助川権之丞《ごんのじよう》は、ちらと振り向いただけで、あとを閉めてこちらに寄れ、と言った。

助川は、机の脇《わき》に山のように帳簿を積みあげて執務中だった。朔之助は、言われたとおりに襖《ふすま》を閉めて中に入ると、助川の斜め後ろに坐《すわ》った。部屋の中には真白な障子を通して、午後の明るい光が流れこんでいる。その光の中に、家老の横顔にあるしみや、鬢《びん》に塊《かたま》っている白髪《しらが》が浮き出ている。

執務部屋に入るのは、はじめてだった。立派な黒檀《こくたん》の机が置かれ、大きな火鉢に鉄《てつ》瓶《びん》が小さく鳴り、部屋の隅には行燈《あんどん》が置いてある。床脇の違い棚に硯箱《すずりばこ》が二つもあり、その下の刀架に家老のものらしい刀が懸けてある。床の間の軸の下に、唐金《からかね》の花瓶が置いてあるが、花は挿《さ》されていない。

「や、待たせたの」

助川は、筆を置くと、不意に朔之助に向き直った。そして向き合うと、助川は小柄な老人だった。小柄だが眼が鋭く、精悍《せいかん》な顔をしている。

「茶を飲むか？」

「いや、それがしのことは、斟酌《しんしゃく》なく」

「そうか」

助川は、火鉢のそばに置いてある盆から、小さな湯呑《ゆのみ》を取り、鉄瓶から湯を注いだ。平たく黒い鉄瓶は、いっとき音を立てるのをやめたが、火の上に戻されると再び静かに鳴り出した。

白湯《さゆ》を啜《すす》りながら、助川は畳に視線を落とし、なかなか用件を言わなかった。朔之助はさっきから胸に蟠《わだかま》っている重苦しい気分が、いよいよ胸を圧迫してくるのを感じた。

——あのことに違いない。

強い緊張にとらえられながら、朔之助はそう思い、なかなかものを言わない家老を見守った。

いま藩では、脱藩した佐久間森衛に討手《うって》を出している。佐久間は脱藩するとき妻を同行した。子はなかった。その佐久間の妻が、朔之助の妹である。そのことについて、藩から戌井家に対する咎《とが》めはなかったが、戌井家では妹夫婦の身の上を案じて、ここ半月ほど大きな声で物を言うのも憚《はばか》る気持で暮している。

「じつは……」

助川が顔を挙げた。

「中丸徳十郎が帰ってきた」

「………」

朔之助は胸が重おもしく揺れ動いたのを感じた。すると森衛は討たれたのか。田鶴《たず》はどうなったのかと思った。

「いや、中丸は病気で帰ってきたのだ」

「すると佐久間は？」

「まだ討ち止めておらん。居所はおよそ摑《つか》めておるらしいが、徳十郎は刀も揮《ふる》えぬ有様での。江戸から引き返して参った」

「………」

「そこでな。藩ではかわるべき討手をさしむけねばならんので、早速相談したが……」

助川は真直《まっすぐ》朔之助を見た。憂鬱《ゆううつ》そうな視線をしばらく朔之助にそそいでから、助川はぽつりと言った。

「討手は、戌井朔之助に決った」

「それは……」

朔之助は絶句した。一瞬家老が言ったことが正確に摑めなかったほど、混乱した気持に襲われたようだった。いずれ話は佐久間のことに相違ないと思って来たが、こういう命令は予想の外にあった。

「まことに名誉な申しつけではございますが……」

朔之助は漸《ようや》く口を開くと、押しかえす口調になった。

「このご命令は受け兼ねまする」

「そう申すだろうことは、こちらではわかっておった。無残といえば、まことに無残。しかし我らがそう決めた事情も承知してもらわねばならん」

「……………」

「徳十郎のかわりに立ち合って、佐久間に勝てるほどの者は、見わたしたところ、そなたのほかにおらんということで一致したのだ。藩としては、そなたには気の毒ながら、背に腹はかえられんということじゃ。徳十郎が空手で戻ったことについては、すでにお上《かみ》はひどく機嫌を損じておられる。我らもいい加減な人選は出来ん立場でな」

「しかし、一人と言わず両三人もさしむければ、佐久間を仕留めることは出来ようかと存じますが……」

「森衛の女房は、そなたと同じ直心流を遣うそうではないか」

「は。いささか」

「すると、かりに二、三人を差しむけるということになると、女房も手向うだろうから修羅場になりはせんか」

「あるいは。田鶴は気が強い女子《おなご》でござりますゆえ」

朔之助は言ったが、沈痛な顔を挙げてきっぱり言った。

「しかしそれは止《や》むを得ませぬ。わが家では、そういうこともあろうかと、すでに覚悟を決めておりますれば」

「しかしそなたが行けば、森衛の女房も兄には手向うまい。お上は、女房のことは打捨ておけと申されておる。そなたが行けば、命助かるというものじゃ」

「………」

朔之助は眼を伏せた。田鶴は子供の頃から気性が激しい女だった。今度の佐久間の脱藩は、藩主に逆らって謹慎を命じられている間の出来事だったが、後に残された召使いから朔之助が聞き糺《ただ》したところによると、田鶴が脱藩をそそのかしたのではないかと思われる節《ふし》があった。田鶴は、討手が兄だと知って、おとなしく夫を討たせるような女ではない。

「むかし、すでに十年余にもなろうか。いま物頭《ものがしら》をしておる石崎軍兵衛が、弟の兵馬を討ちに参ったことがあった。お上に仕える者は、時にそういう悲惨な立場を忍ばねばならんこともある」

石崎の話は、朔之助も子供の頃だが耳にしている。だが、兵馬は遊里に出入りしていて、そこで人を斬《き》って脱藩した男で、石崎家の鼻つまみだった。軍兵衛の異母弟だった。

「森衛は義弟、そばに肉親の者がつき添っているというそなたの苦衷はわかるが、断わっては戌井の家も立場が苦しくなるぞ」

「このことは、すでにお上もご存じのことでござりますか」

「すでに申しあげた。早々にはからえとお苛立《いらだ》ちでな。止むを得なかった。ゆえにこれはそなたに相談をかけておるわけではない。主命だぞ」

朔之助は沈黙した。もはや退路は断たれているようだった。沈黙している朔之助の脳裏を、佐久間森衛に寄りそって、どことも知れない野道を、顔をうつむけて急ぐ田鶴の姿が小さく遠ざかろうとしていた。

二

「ほかの方にお願いすることは出来なかったのですか」

朔之助の言うことを聞き終ると、母親の以瀬《いせ》は顔色を変えて言った。

「いくらお上のお言いつけとは申せ、あんまりななされ方ではありませんか」

「お上の処置をとやこう申してはならん。口を慎め」

腕組みをして、朔之助の言うことにうなずいていた父の忠左衛門が、ぽつりと叱《しか》った。

「むろん、その役目は引き受け難いと、申しあげたわけでござる。しかししまいには、断わっては戌井家の立場が悪くなろう、とご家老のお言葉もあり、すでにお上に言上済みとあっては手遅れと存じ、受け申した」

「戌井の家の立場とはどういうことですか、朔之助どの」

以瀬はきっと顔を挙げて、息子をみた。母親が、畳を叩《たた》いて迫ってきたように、朔之助は感じた。

「されば……」

朔之助は眼を伏せたまま言った。

「佐久間が出奔し、しかもその連れ合いは戌井家の者。それだけでも、わが家にも何らかのお咎めがあっても止むを得ない立場にあることは、母上にもおわかりでござろう」

「それはようわかります。だからこそこうして、一切外にも出ずに慎んでいるではありませんか」

「しかしお上は、わが家には咎めは下されなんだ。しかしこのうえご下命を辞退しては、お上の寛大さにも限りがあろう、とご家老は申されるわけでござる」

朔之助が言ったとき、襖が開いて妻の幾久《きく》が入ってきた。幾久は朔之助のうしろにひっそりと坐った。

「主命じゃ。朔之助が申すとおり、もはや拒むことは出来ん」

忠左衛門が、結論をくだすように言った。だが以瀬はなおも喰い下ってきた。

「田鶴を、どうなさるつもりですか、朔之助どの」

「むろん、連れ帰るつもりでおります。お上は田鶴にはお咎めを下しておりません」

「私が心配しているのは、それより前のことです。田鶴が手むかったら、どうしますか」

「まさか、実の兄にむかって、斬りかかりもしませんでしょう」

朔之助はそう言ったが、確信があるわけではなかった。田鶴が邪魔すると、厄介なことになりそうだった。佐久間は尋常の遣い手ではない。

「もし斬りかかってきたときは、どうなされますか」

以瀬は執拗《しつよう》に言った。以瀬も気性の激しい女で、戌井家の母娘《おやこ》は、その点で共通している。田鶴は小さい頃、母親の溺愛《できあい》をうけて育っている。我儘《わがまま》で、恐《こわ》いもの知らずの娘のまま、佐久間に縁づいた。

「そのときは斬れ」

不意に忠左衛門が言った。きっぱりした声だった。忠左衛門は郡代まで勤めて、二年前病身を理由に致仕《ちし》を願い、朔之助に家督を譲っている。隠居してからは、朔之助をたててひっそりと暮しているが、いま家長の立場に返ってそう言ったようだった。

「まあ、お前さま」

以瀬はきっとなって忠左衛門を振り向いたが、忠左衛門の厳しい視線にぶつかって、弾《はじ》き返されて落ちたようにうつむいた。その髪に白いものが目立って、行燈の光に浮いているのを、朔之助は傷《いた》ましい気持で眺めた。

「斬りは致しませぬ。私におまかせ下さい」

と朔之助は言った。以瀬は、それに答えずに、少しずつ忠左衛門に膝《ひざ》を向け変えると、低い声で詰《なじ》りはじめた。

「お前さまが、朔之助と田鶴にしたことは、間違っておりましたよ。二人や新蔵に剣術を仕こんで、それでどうなりましたか。剣術にすぐれていなければ、朔之助どのが討手に選ばれることもなかったでしょうし、兄妹《きょうだい》の斬り合いなどと恐ろしい心配もすることはなかったでしょうに」

忠左衛門は黙然と天井を見上げている。忠左衛門は、少年の頃父親が江戸詰になった年に随行して江戸に行き、紙屋伝心斎の門に入った。以来直心流ひと筋に修行して、家督を継いでからも、江戸詰の間に研鑽《けんさん》を積み、二十四のとき免許を得た。戌井家は三百石を喰《は》み、家中上士として役職につく家柄だったが、忠左衛門は、剣の修行のために役を持つのが遅れたほどである。

そういう忠左衛門であるから、子の朔之助が木刀を握れるようになると、早速剣術を仕込んだが、やがてその稽古《けいこ》に、妹の田鶴、戌井家で先代の時から若党を勤めてきた利兵衛の子、新蔵が加わるようになった。新蔵は忠左衛門に命じられたからだが、田鶴は自分から父に願って、稽古を受けたのである。

直心流では他流試合を禁じていた。だが、朔之助は四年前に、海坂《うなさか》城下でもっとも人気がある一刀流の浅井道場で試合をしている。その手配をしたのは父の忠左衛門である。試合は、浅井道場で師範代を勤める戸田弥六郎との間に行われ、三本勝負の約束だったが、最初の勝負に朔之助が勝つと、戸田は後の勝負を辞退した。

当時勝った戌井も戌井、後の勝負を捨てた戸田も戸田と評判になった。二人の試合はそれほど見事な試合として、見た者の印象に残されたのである。

その朔之助の剣を呪詛《じゅそ》するように、以瀬は忠左衛門を詰っていた。白髪が目立つ母が、そうして綿々と父を詰っているのを見ながら、朔之助は耐え難いような気持になっていた。一家に覆《おお》いかぶさってきている不幸の異常さが、母の上に現われているようだった。以瀬は気性の激しい人間だが、人の前で、夫を詰るようなことはしたことがない筈《はず》だった。

「あれは、どこまで不しあわせな子であろ」

以瀬は言うと、不意に両掌で顔を覆った。以瀬は明らかに取り乱していた。小さな肩が顫《ふる》えるのをみながら、朔之助は父に一礼して立ち上がった。

廊下に出ると、そこに人影が蹲《うずくま》っていた。

「新蔵か。何をしておる」

「若旦那《わかだんな》さまに、お願いがあって、控えておりました」

新蔵は低い声で言った。

「それでは、わしの部屋に来い」

朔之助は先に立って奥の自分の部屋に行った。部屋は暗かったが新蔵が行燈《あんどん》に灯を入れた。

「冷えるのう」

「はい。三月の夜とは思えませぬ」

花の季節で、この間は五間川の堤防にある桜並木でしきりに花見客がにぎわったばかりである。だが桜が散ったあと、また冷えがぶり返してきたようだった。朔之助は、呼ばれて行った家老の執務部屋に、火桶《ひおけ》が置いてあったのを思い出した。

「話というのは何だ、新蔵」

新蔵は父親の利兵衛が病死したあと、受け継いで戌井家の若党を勤めている。

「そのことでございます」

新蔵はうつむいて言ったが、不意に畳に手をついた。

「若旦那さま。今度の旅に、私をお連れ頂くわけに行きませんか。ぜひとも、お願いしとうございます」

「聞いたのか。少し不謹慎だぞ」

朔之助は小声で言った。

「申し訳ございませぬ。皆さまのご様子が、徒事《ただごと》とも思えませんもので、ご無礼とは存じましたが、廊下でおうかがい致しました」

「わしについて行ってどうするつもりだ」

「佐久間さまの居所を探すにしても、お一人では苦労でございましょうし、お連れ頂ければ、お役に立てると存じます」

「場所はおおよそわかっておる。城を下がる途中、中丸を見舞って聞き出したが、行《ぎょう》徳《とく》の渡し場付近で、買物をしている田鶴を見たものがいるそうじゃ。中丸はそのあたりに見当をつけておった」

「それにしても、若旦那さまがお探しになっては目立ちましょう」

「田鶴が心配か、新蔵」

と朔之助は言った。新蔵は膝に手を置いたまま、黙って朔之助を見た。新蔵の浅黒く引きしまった顔には、朔之助を非難しているようないろがある。新蔵は戌井家の奉公人だが、戌井家の屋敷の中で生れ、子供の頃は朔之助たちと兄弟同様にして育った。年は田鶴よりひとつ上である。いまも朔之助は、新蔵を並みの奉公人扱いにはしていないつもりだった。新蔵が藩命を引きうけた俺を非難する気持はわかる、と思った。

「手むかってきても、田鶴を斬ったりはせん。だが心配なら、連れて行ってもいいぞ」

「ありがとうございます」

新蔵は弾んだ声で言った。浅黒い顔に血がのぼったようだった。

「それでは私も、すぐに支度を致します」

その夜、朔之助は幾久を抱いた。朔之助の愛撫《あいぶ》は、いつもより長く荒々しかったが、幾久もいままでになかった乱れを見せた。

「お気をつけて下さりませ」

打ち倒されたもののように、闇《やみ》の中に横たわっていた幾久が、やがて朔之助の手を探ってきて、そう囁《ささや》いた。田鶴は、かならず手むかってくるだろう。幾久に手をゆだねながら、朔之助はそう思った。田鶴は、朔之助の推察に間違いなければ、夫に脱藩をすすめたのである。謹慎している佐久間に、さらに重い処分がくだることを、女の直感で見抜いたのかも知れなかった。田鶴は、それほど強く夫と結ばれていたとも言える。そうであれば、夫が討たれるのを、手をこまねいてみている筈はなかった。

三

朔之助と若党の新蔵は、翌朝早く海坂の城下町を発《た》った。上意討ちの討手《うつて》は、夜分か早朝に、ひそかに立つ慣わしである。まだ暗いうちに起きて旅の支度を調えた幾久と下婢《かひ》のかねに門の外まで見送られて、二人は出発した。町を抜けるまで、二人は人には会わなかった。ふだんより広くみえる町通りに、重い朝靄《あさもや》が立ち籠《こ》めていただけである。

靄は町を離れて、左右に田と桑畑が続く街道に出ても、雨の日のように視界を暗く塞《ふさ》いでいた。その中を、二人は無言で足をいそがせ、町を後にした。

小一里ほど歩いたとき、突然のように日光が射《さ》し、靄はしばらくの間白く日に輝いたあと、急速に消えて行った。行く手に、まだ山巓《さんてん》のあたりに雪を残している山が見えた。海坂領は三方を山に、一方を海に囲まれている。里に近い山は、早く雪が消えるが、その陰に、空にそばだって北に走る山脈《やまなみ》には、六月頃まで斑《まだら》な残雪がみられる。

道は少しずつ登りになっていた。そしてあたりの田は、まだ冬を越したままで、枯れた稲の株を残していた。しかし畦《あぜ》には雑草が白い花をつけ、木々は芽吹いて日に光っている。この道を、田鶴は佐久間と一緒に行ったのだ、と朔之助は思った。

「佐久間さまのお咎《とが》めでございますが……」

後から新蔵が話しかけた。新蔵もあるいは同じようなことを考えたのかも知れなかった。

「脱藩しなければならないほどの、重いものでございましたか。私はそのようには聞いておりませんでしたが……」

その疑問は、朔之助にもあった。

今年の一月、佐久間森衛は藩主あてに一通の上書を提出した。佐久間は郡代次席を勤めていた。上書はその立場から、一昨年、昨年と二年におよぶ農政の手直しで、郷民がどのような窮地に追いこまれたかを、十八項目にわたって実例を挙げて示し、思いつきの手直しをやめて、抜本的な農政改革に着手すべきこと、それが出来なければ、実施した小刻みな改変をすべてご破算にして、旧に戻してもらいたいと述べたものだった。

上書は、農政の手直しを指示した藩主主殿頭《とのものかみ》を直接に批判した痛烈なものだったが、目的は藩主の政治顧問ともいうべき立場にいる、侍医鹿沢堯伯《ぎょうはく》を斥《しりぞ》けることにあることは明らかだった。主殿頭の指示が、堯伯の意見をそのまま採用していることは、藩内では誰知らぬものがいない。堯伯は藩主家の侍医を勤めると同時に、長年藩主に経《けい》書《しょ》を講義して信頼されてきた学儒でもあり、ここ数年藩政に容喙《ようかい》する姿勢が目立っていたのである。

藩では数年前、二年続きの凶作に見舞われ、その傷手《いたで》がまだ回復していなかった。多数の潰《つぶ》れ百姓を出し、領内にはまだ、荒地と化した田畑が残されている。その凶作の間、どうにか飢えをしのぎ切った百姓も、まだ疲弊から立ち直っていなかった。凶作は、単純に悪天候のためとも言えない農政上の失策、水利の不備、開墾田の地理選定の誤りなどを含んでいたため、藩では農村の疲弊回復をはかると同時に、根本的な農政の立て直しを迫られていた。

藩執政たちは、むろんたびたび会議を開いて政策を練ったが、姑息《こそく》とも思える倹約令を両三度出しただけで、有効な施策を打ち出せないまま苦慮していたのである。その間に、藩主主殿頭が指示してくる農政上の改変を、次々と無気力に受け入れたのも、執政たちの自信のなさを示したものだった。

受け入れたものの、鹿沢堯伯が献策し、藩主が指示してくる農政の手直し策を、郷村回復に有効な施策だと認めていたわけではない。郷村は、いわば病人だった。下手にいじることは命取りになりかねないという議論も、執政会議の席上でなかったわけではない。だがそれを藩主に言う者はいなかった。

そういうときに出された佐久間の上書は、激怒した主殿頭が、佐久間の処分を諮問《しもん》してきた執政会議で、逆に一致して支持された。上書の内容は、思いつきの指示が、どういう悪い結果を招いたかを適確に指摘し、真の立て直し策のありようを示唆《しさ》していたからである。執政たちは佐久間の上書に刺戟《しげき》されて、鹿沢堯伯の藩政への容喙を停止するよう求め、佐久間の上書をもとにして、早急に農政改革案をまとめ上げた。この動きの中で、執政たちが示したまとまりは、かつて例をみなかったほどのものだった。

藩主を批判した佐久間を慎み処分にとどめたのも、執政たちの結束が、主殿頭を押えたといえた。主殿頭は暗君ではない。農政についての指示も、いつまでも足踏みを続ける執政たちの腑甲斐《ふがい》なさに苛立《いらだ》って、みずから乗り出したといった気味があった。それだけの見識は持っているから、佐久間が挙げた十八項目の指摘に道理があることは、理解出来たのである。主殿頭は鹿沢の出仕を止める処置をとった。

だが佐久間に対する怒りは、そういう処置とは別個に、主殿頭の内部で荒れ狂っていた。上書は、主殿頭の自尊心を著しく傷つけるものだった。結果が佐久間の言うようなものであっても、農政立て直しには自分なりに意を用いた、という気持が主殿頭にはある。だが上書は、その点については一顧もせず、冷やかに結果だけを裁断している、と主殿頭には思えた。佐久間に嘲《あざけ》られたと感じた。

それまで唯々《いい》諾々《だくだく》と従い、一言の意見も言わなかった執政たちが、上書が出ると掌《てのひら》をかえしたように鹿沢の献策を非難し、側近政治の弊などと言い出したことも我慢ならないことだった。主殿頭の憎しみは、そういう執政たちへの不満も含めて、佐久間に集中した。

「そういう事情でな。表向きは謹慎という処分だったが、佐久間はお上に憎まれておった。お上が刺客を放ったという噂《うわさ》があったぐらいじゃ」

「まことでございましょうか」

「まさかとは思うがの。ともかく執政たちは、お上がもっと重い処分を命じたのを、謹慎処分に押えておくのが精一杯での。その処分を解くことなど思いもよらなかったようだ。だから逃げないであのままでいても、ご家老や組頭がお上の圧迫に耐え切れなくなって新しい処分を決めるということは、考えられないことでもなかったな」

「…………」

「現に、二人が脱藩した当時に、組頭の安藤どのが、これで肩の荷が下りた、と人に洩《も》らしたそうじゃからの」

「さようですか。佐久間さまは、いずれにしろ無事では済まなかったのですか」

新蔵が曇った声で言った。朔之助はそれには答えなかった。道は山裾《やますそ》を蛇行《だこう》しながら、次第に登りになっている。左手には緩やかな山の斜面が続き、樹々《きぎ》が綿を吹いているように若葉をつけはじめている。林の中に日が射しこみ、窪地《くぼち》に残っている雪を照らしているのが見えた。右手には、小さな田が上へ上へと幾層にも積みあげたように続き、その先端は、行手に赤い崖肌《がけはだ》をみせている切通しの下までのびている。

振り返ると、遙《はる》かな下に、一度山の端《は》に隠れた城下町が見えた。日は擂鉢《すりばち》のような盆地を隈《くま》なく照らしていたが、海寄りの地平には依然として靄のように曖昧《あいまい》な空気が澱《よど》んで、春が盛りを迎えようとする気配を示している。

のどかな景色だった。景色が穏やかでのどかであるだけに、今度の旅の異様さが、心を重くしているようだった。佐久間の縁に繋《つな》がる者として、俺にもお上の憎しみがかかっているのかも知れないな、と朔之助は思った。そうとでも考えなければ、いまの立場は納得できない気がした。

――森衛も軽率だ。

はじめてそう思った。佐久間は須田郷の代官を勤めた父親が病死したあと、十九で跡目を継いだ。城下町で浅井道場と並ぶ、不伝流の神部道場の高弟で、性格は直情径行といったところがあった。竹を割ったような気性だったが、それだけに思いつめると押えがきかず、柔軟さを欠くところがあったかも知れない。上役と衝突したとか、五間川の堤防が破れたとき、袴《はかま》のまま濁水に飛びこんで、百姓と一緒に土嚢《どのう》を積んだとかいう噂が時どき聞えて、戌井家では、妹の田鶴の気性を思い合わせて似た者夫婦だと笑ったりしたこともある。

　しかしこういうことが起きてみると、思いこむと他を顧みるいとまのない佐久間の性格は、主持《あるじも》ちとしては危険な性分だったようである。今度の上書一件にしても、直接藩公に提出しなくとも、家老に出して執政会議に提出してもらうぐらいの慎重さがあってもよかったのではないか、と朔之助は思った。

　だが朔之助はじきにその考えを改めた。そうしないで、いきなり藩公に意見書を出したところが、佐久間らしいところなのだ。恐らく父親の代からの郷村役人として、佐久間には自分の見方に自信があったのだろう。執政会議に出せば、中味が藩主主殿頭の施策を否定したものだけに、そこで潰される懸念《けねん》があったかも知れない。あるいは腹切らされるのを覚悟のうえで、佐久間は藩公への上書を敢行したのかも知れない、と朔之助は思ったのである。

「急ぐ旅ではない。ゆっくり参ろう、新蔵」

朔之助は新蔵に声をかけた。道は切通しの急な坂にかかっていて、新蔵は、はいと答えただけだった。額に汗が光っている。何かを考え続けている表情で、新蔵はうつむいたままだった。

四

「新蔵、眠ったか」

闇の中に声をかけると、新蔵がいいえ、と答えた。宇都宮の町には、日が暮れてから北国から来た参覲《さんきん》の行列がついて、二人が泊まっている宿の下の街路にも、長い間馬のいななきや、重苦しい北国訛《なま》りの話し声、命令する声などが聞こえていたが、漸《ようや》くそれぞれの宿に入ったらしく、いまはざわめきが止《や》んでいる。

「いま、小さい頃のことを考えておった」

と朔之助は言った。

「田鶴はきかん気の子で、兄のわしにもたびたび手むかってきたが、お前と喧嘩《けんか》したのは見たことがなかったの」

「……………」

「あれは考えてみると不思議だった。天神川で、あれが溺《おぼ》れそうになったのを覚えているか」

「はい、覚えております」

あれは俺が九つの時だったと朔之助は思った。家中屋敷が塊っていた白壁町を北に抜けると、広い畑地と、葦《あし》が茂る湿地があって、その間を天神川が流れていた。川幅四間ほどの浅瀬が多い川である。市中を流れる五間川とほぼ平行した形で北に流れ、数里先で合流する。五間川は、実際の川幅は市中でも七、八間はあり、水量もたっぷりしているから、子供たちが川に入って遊ぶなどということは思いもよらないが、天神川には子供たちが集まった。

湿地の葦の間には、夏になると葦切《よしきり》が巣を懸けて卵を生んだし、川は砂洲《さす》が多く、流れも浅いところは子供の踝《くるぶし》までしかない。子供たちは中に入ると空も見えなくなるような葦原の中に踏みこんで、葦切の卵を取ったり、砂洲で砂を掘ったり、大きな子は石垣の間に潜んでいる魚を手取りにしたりする。家中の家々では、子供たちが裏の川へ行くことを禁じていたが、子供たちはこっそり外に忍び出て川に走った。

ある夏の日、朔之助は新蔵と田鶴を連れて川に行った。新蔵は六つ、田鶴はまだ五つの子供だった。二人を川の中洲で遊ばせておいて、朔之助は袴を腿《もも》までからげ、腕まくりして岸の石垣の隙間《すきま》を探った。中に潜んでいる魚は獰猛《どうもう》な動きをし、なかなか子供の手には捕まらない。夢中になっている間に、朔之助は遠くで大筒を打つような音を聞いた。

腰をのばすと、川上の唐紙山のあたりが、雲に覆《おお》われて真暗になっている。大筒のような音は雷が鳴っているのだった。稲妻も見えた。山は麓《ふもと》近くまで雲に覆われ、夜のように暗くなっている。あたりがまぶしく日に照らされているので、異様な光景に見えた。

朔之助は川の中に立ったまま、しばらく様子を見たが、雨はこちらまではやって来ないようだった。川岸の桑の木の中では、さっきと同じように油蟬《あぶらぜみ》が鳴き続け、葦の間では葦切が鳴いている。頭上には青空がひろがっていた。新蔵と田鶴は、中洲で砂を掘って遊んでいる。田鶴が命令し、一歳上の新蔵が従順に田鶴の言うことを聞いている。朔之助はその様子を確かめて、また魚摑《つか》みに戻った。

川水が濁ってきたのに気づいたのは、苦心して鮒《ふな》を一匹捕えた頃だった。水は濁っているだけでなく、明らかに嵩《かさ》を増していた。腓《ふくらはぎ》までしかなかった水が、膝《ひざ》まできている。朔之助はその意味を覚《さと》った。川上で降った雨が、川に流れこんでいるのである。

気がつくと、空模様は一変していた。雲は中空に膨れ上がって日を呑《の》みこもうとしていたし、山は一面に雲に覆われ、その中で稲妻がきらめいていた。そして、すさまじい雷鳴がとどろいた。

「新蔵、田鶴」

朔之助は二人に声をかけ、岸に上がれと言った。新蔵は素直に、中洲から浅い流れを漕《こ》ぎわたって岸に上がったが、田鶴は知らないふりで、まだ砂をいじっている。

「岸へ上がらんか、田鶴」

朔之助がそばに行って言うと、田鶴はちらと朔之助の顔をみたが、小憎らしく小さな尻《しり》を向けてそっぽをむいただけで、立ち上がろうとしなかった。朔之助はいらいらした。その間にも川の水は少しずつ増えて、中洲の乾いた砂を洗いはじめていた。

「水が多くなってきた。お前には見えんか。溺れてしまうぞ」

田鶴は首をねじむけて、ちらと朔之助を見ただけで、城壁のように積み上げた砂を、板切れでぺたぺたと叩《たた》いている。反抗的な眼だった。

朔之助は、後ろから襟《えり》がみを摑んで、田鶴を立たせると、強引に流れを横切ろうとした。田鶴は手足を突っぱって暴れた。

「いやッ」

田鶴は朔之助の腕に爪《つめ》を立てた。思わず朔之助は手を離し、腹が立つままに、田鶴の頬を殴りつけた。すると田鶴は泣きもしないで、眼を光らせて後ずさりした。テコでも中洲を離れない。そう言った反抗的な身構えだった。朔之助は心から腹を立てていた。

「俺は知らんぞ」

朔之助は田鶴に背を向けて、岸に上がった。岸で見ていると、水嵩はどんどん増えてくる。中洲は次第に波に洗われ、川音が高くなっていた。日はついに雲に隠れ、風景が一瞬に灰色に変った。田鶴はさすがに遊ぶのをやめていたが、それでも強情にこちらを向いて立っている。もう少し様子を見よう、と朔之助は思っていた。田鶴の強情さには、日頃手を焼いている。少しはこわい思いをするといいのだ、と思っていた。

そのとき、新蔵が黙って岸から川の中に降りて行った。さっきは膝の下までしかなかった水が、新蔵の腰のあたりに達した。その水の中で、新蔵は頼りなくよろめきながら、一歩ずつ中洲に近づいて行った。

すると、田鶴は不意に泣き声をたてた。泣きながら、田鶴は新蔵に手をさしのべている。

「みっともないぞ、泣くな、田鶴」

朔之助が叱《しか》ったが、田鶴は泣くのをやめなかった。新蔵は田鶴をしっかりとつかまえると、かばうように自分は上手に立って、また川の中に足を踏み入れた。二人は川音に包まれながら中洲と岸の間を渡りはじめた。水勢に押されて二人は少しずつ川下に流され、一度は田鶴が転びそうになって、胸まで水浸《びた》しになった。水は田鶴の腹まであった。岸まで一間というところで、二人は水の中に立ちすくんでしまった。その間にも田鶴は泣き続けている。

朔之助が岸を降りようとしたとき、新蔵にしがみついていた田鶴が、鋭い声で言った。

「お兄さまはいや！」

朔之助は舌打ちした。水に踏みこんで、田鶴を殴りつけたい衝動を、漸く我慢して、朔之助は言った。

「新蔵、もうちょっとだ。がんばってこっちに来い。大きな石を踏まないように気をつけろ。ゆっくり来い」

新蔵は青ざめていたが、またゆっくりと動きはじめた。田鶴の肩をしっかり抱いていた。二人が岸に上がったとき、中洲はほとんど水に隠れようとしていたのである。

「お前を連れてきて、よかったかも知れん。あれはひょっとしたら、お前の言うことならきくかも知れんからな」

「若旦那《わかだんな》さま」

不意にはっきりした新蔵の声が聞こえた。床の上に起き上がって、坐《すわ》り直した気配だった。

「旅の間に、私は一心にそのことを考えてきました」

と新蔵は言った。

「佐久間さまは、ご上意がございますから、尋常に斬《き》り合うのも致し方ないと存じます。私は若旦那さまのご武運をお祈りするしかありません。しかし田鶴さまは、この斬り合いにかかわり合わせたくないと、考えながら参りました」

「それがうまく出来れば、言うことはないのだが……」

「居所を突きとめましたら、田鶴さまが留守になさるときを窺《うかが》ってはいかがでしょうか。私におまかせ願えませんか。佐久間さまと若旦那さまが、斬り合うところを、田鶴さまには見せたくはありません」

新蔵がついてきたのは、こういうことだったのか、と思った。新蔵は、田鶴に思いを寄せていたのかも知れん。不意に眼がさめるようにそう思った。新蔵は二十一で、時どき母の以瀬に縁談をすすめられているのを見ている。だがまだ妻帯する意志はないようだった。それは、二年前田鶴が佐久間に嫁入ったこととかかわりがあるのか。だがそういう推量は不快ではなかった。田鶴のことは、新蔵にまかせておけばいいのかも知れん。昔からそうだったのだ、と朔之助は思った。そう思うと、幾分心が軽くなるのを感じた。

「お前の考えがよさそうだの。寝ようか。明日は早立ちだぞ」

と朔之助は言って、眼をつぶった。

五

村端《はず》れを、幅二間ほどの小川が流れている。岸にかなり大きい柳の木が二、三本あって、僅《わず》かな風が吹きすぎるたびに、若葉が一斉に日にきらめくのが見えた。その家は、柳の木のそばにあった。村から少し離れ、小川の北側にあるのは、その家一軒だけだった。村とその家をつないでいるのは、小川の上に渡された丸太二本の、細い橋である。

新蔵は、村の隅にある小さな祠《ほこら》の陰から、その家を眺めていた。一刻《いっとき》半ほど前、その家から田鶴が出てきて、丸太橋を渡り、村の方に姿を消した。田鶴は村の者と同じように質素な身なりをし、手に風呂敷《ふろしき》包みを下げていた。まだ戻って来ないところをみると、田鶴は多分、ここから一里ほど南にある、新河岸《しんがし》と呼ばれる行徳の船場まで行ったものと思われた。

新河岸は、寛永九年に行徳船が公許になり、日本橋小網《こあみ》町から小名木《おなぎ》川を通って新河岸に達する、水路三里八丁の舟便が開かれると、房総、常陸《ひたち》に旅する者の駅路として、急ににぎやかになった。商いの店がふえ、旅籠《はたご》、茶屋が軒をならべ、とくに正月、五月、九月の三カ月は、成田不動尊に参詣《さんけい》する人々で混雑する。

十日ほど前、新蔵は新河岸の腰掛け茶屋で休んでいる間に、角の肴屋《さかなや》で買物をしている田鶴を見つけた。そして田鶴を跟《つ》けて、そこから一里ほど北にある村に、佐久間夫婦が隠れている家を突きとめたのである。

その家を眺めるのは、今日が三度目だった。三日前にきたときに、ちらりと見かけただけで、今日は佐久間森衛の姿は見えないが、家の中にいることは間違いないと思われた。

——今日は、言わなければならないだろう。

と新蔵は思った。佐久間夫婦を見つけたことを、新蔵はまだ朔之助に知らせていない。言えば、この畑と小川に囲まれた穏やかな土地が、修羅場に一変する。その日の来るのが、新蔵は恐ろしく、おぞましい気がする。そのとき取返しがつかないことが起こるような気もした。その恐れのために、一日のばしに朔之助を欺《あざむ》いてきたが、それにも限りがあることは承知していた。

朔之助は、江戸藩邸の長屋を一戸借りて、じっと待っているが、今朝新蔵を送り出すとき、珍しく棘《とげ》のある言葉をかけた。待っている苛立《いらだ》ちを押えきれなかったようである。

眼の隅に、ちらりと物が動いた。新蔵はあわてて首をすくめた。帰ってきた田鶴は橋を渡るところだった。渡り終ると、田鶴は振り向いてすばやく周囲を見回し、それから急ぎ足に家の方に隠れた。胸に風呂敷包みを抱いているのが見えた。そのまま、あたりはもの憂《う》い晩春の風景に返った。物音もなく、時折柳の木が髪をふり乱すように枝を打ちふり、新葉が日に光るだけである。

――あさってか、しあさって。

と新蔵は思った。田鶴が時どき長い買物に出かけるのは、これで明らかになったわけである。明日は出かけないかもしれなかったが、明後日は出かけるかも知れない。それは新河岸まで、朔之助を連れてきてから、確かめればよい。

――いずれにしろ、田鶴さまには斬り合いは見せられない。

立ち上がって祠を離れながら、新蔵はそう思った。新蔵は、百姓家の裏手の畑道から村の中に入り、やがて村を抜けて新河岸の駅の方にむかう広い道に出た。左右は青物の葉が行儀よく並んでいる畑で、ところどころに雑木林が畑地のひろがりを阻《はば》んでいる。見渡しても、どこにも山の姿が見えないのが、新蔵には奇異に思われ、どことなく頼りない思いに誘われる。雑木林は、目がさめるような若葉に彩《いろど》られていた。

新蔵の脳裏に、橋を渡ってから後を振り向いた田鶴の顔が、残像のように映っている。色白な肌と、眼尻がやや上がった勝気そうな面影はそのままだったが、田鶴は頰のあたりが瘦《や》せたように見えた。眼は鋭く人を警戒するいろを含んでいたようだった。

――あのひとも苦労された。

そう思ったとき、新蔵の胸の中に、ひとつの記憶がどっと走りこんできた。それは日頃、新蔵が自分にむかって、思い出すことを堅く禁じている記憶だった。

田鶴が嫁入る三日前のことだった。新蔵は屋敷の裏にある納屋《なや》で、板の間に蓆《むしろ》を敷き、縄を綯《な》っていた。田鶴の嫁入り道具をくくる縄で、新蔵は藁《わら》で丹念に磨きをかけながら、縄作りに根を詰めていた。そのために、田鶴が入ってきたのに気づかなかった。

気がつくと、田鶴が入口の戸を閉めるところだった。新蔵は振り向いてそれをみると、思わず叱る口調で言った。

「戸を閉めてはいけません」

新蔵はうろたえていた。戌井家では、新蔵を家の者同様に扱った。小さい頃、新蔵はそのことに馴《な》れ、剣術の稽古《けいこ》のとき、上達の早い田鶴に打ちこまれると、木刀を捨てて組みつき田鶴を投げたりした。そういう新蔵を忠左衛門は笑ってみていた。

しかし少しずつ大人の分別が加わってくると、新蔵は自然に自分のいる場所を見つけるようになった。朔之助、田鶴に対しても、田鶴が時どき歯がゆがるほど、態度も物言《ものいい》もいつの間にか慎み深くなった。気持は昔のままだったが、新蔵は二人と自分との間に、越え難い身分の差があることを次第にわきまえ、その垣根を越えることはなくなった。

新蔵がうろたえたのは、とっさにそのことを考えたからに外ならない。嫁入りを控えた娘が、奉公人の男と戸を閉めた部屋に二人だけでいるなどということは、許されることではなかった。

新蔵は田鶴を押しのけて、戸を開けようとした。その手を掴《つか》んで田鶴が言った。

「もう遅いでしょ、新蔵。二人でここに入ってしまったのだから」

新蔵はあっと思った。田鶴は頬にいきいきと血をのぼらせ、声を立てないで笑った。

眼が挑みかかるように光っている。その美しさは、新蔵の声を奪った。

「もう少し、二人でいましょ。暗くなるまで」

田鶴は囁《ささや》いた。昔、納屋で田鶴と二人で隠れんぼをしたことを新蔵は思い出していた。鬼がいない二人だけの隠れんぼだった。それでも二人はやって来るかも知れない鬼におびえ、古い長持と羽目板の間の隙間《すきま》に、抱き合って長い間蹲《うずくま》っていた。田鶴の囁きはそのことを思い出させたが、新蔵は首を振った。

「どうして？　私といるのがいや？」

「いいえ」

「新蔵。下を向かないで私を見て」

「はい」

「私がお嫁に行ったら、淋《さび》しくないの？」

「………………」

「淋しいと言って」

「はい。淋しゅうございます」

「ほんと？」

「はい」

そう言ったとき新蔵は、主従の矩《のり》を越えたと思った。眼の前にいるのは、眼がくらむほど慕わしい一人の女だった。

「私も嫁に行きたくないの。でも仕方がない。新蔵の嫁にはなれないのだもの」

「田鶴さま」

「私の身体《からだ》をみたい？」

「いえ。そんな恐ろしいことは、やめてください」

「見て。お別れだから」

田鶴の顔は、急に青ざめたようだった。きっと口を結んだまま、すばやく帯を解いた。その微《かす》かな音を、新蔵は恐怖とも喜びともわきまえ難いおののきの中で聞いた。

納屋の高いところに小窓がひとつあって、そこから日暮れの淡い光がさしこんでいた。その光の中に、田鶴の白く豊かな胸があらわれ、二つのまるい盛り上がりが浮かんだ。

外で田鶴を呼ぶ声がした。台所の用を足している、とき婆《ばあ》さんの声だった。ときの声は納屋の前まで来たが、また遠ざかって行った。新蔵が深い吐息をついたとき、不意に田鶴の手がのびて、新蔵の手を自分の胸に導いた。

――あのひとは、花のようだった。

と新蔵は思った。するとさっき見た、頬のあたりが悴《やつ》れた田鶴が浮かび、田鶴を襲った運命の過酷さに、新蔵は胸が詰るのを感じた。行きあう人もいない長い道を、新蔵は少し涙ぐみながら、うつむいて歩き続けた。

六

斬り合いは長かったが、朔之助はついに佐久間を倒した。佐久間は討手《うって》が朔之助だと知ると、黙々と支度を調え、尋常に勝負した。佐久間は不伝流の秘伝とされる小車という太刀《たち》を使ったが、朔之助はそれを破ったのである。

「それでは、田鶴が帰って来ないうちに、姿を消そう」

佐久間の髻《もとどり》から、証拠の髪の毛を切り取って懐紙にはさむと、朔之助は立ち上がってそう言い、襷《たすき》、鉢巻をはずした。

「森衛をどうする」

「私が中に運びましょう」

「いや、俺も手伝う」

二人が、川べりに顔を横に向けてうつむきに倒れている死骸《しがい》を抱き起こしたとき、新蔵が叫んだ。

「若旦那《わかだんな》さま」

朔之助が顔を挙げると、橋の向うに田鶴が立っているのが見えた。田鶴は訝《いぶか》しそうな眼でこちらを眺めたが、やがて事情を覚《さと》ったようだった。狭い橋を飛ぶように走り抜けると、二人の脇《わき》を擦り抜け、家の中に駆けこんだ。家の中から出てきたとき、田鶴は白刃を握っていた。

「討手は兄上でしたか」

二間ほど距《へだ》てて刀を構えると、田鶴は叫んだ。顔は血の気を失い、眼が吊《つ》りあがって、悽愴《せいそう》な表情になっていた。

「佐久間の妻として、このまま見逃すことは出来ません。立ち合って頂きます」

「ばか者。刀を引っこめろ」

朔之助は怒鳴った。一番恐れていたことがやってきたようだった。そのことに朔之助は腹を立てていた。佐久間との勝負で精根を使い果しているせいもある。

「上意の声を聞いて、森衛は尋常に闘って死んだのだ。女子供が手出しすべきことではない」

「それは卑怯《ひきょう》な言い方です。私がいれば、佐久間を討たせはしませんでした。たとえ兄上であっても」

「強情をはるな。見苦しい女だ。勝負は終ったのがわからんか」

朔之助は少しずつ後じさりし、間合をはずすと背を向けた。その背後に風が起こった。朔之助は辛うじて身体をかわしたが、左腕を浅く斬《き》られていた。

「よさぬか、田鶴」

しりぞきながら、朔之助は叱咤《しった》した。お前さまが、朔之助と田鶴にしたことは間違っておりました、と父を詰《なじ》っていた母の以瀬の声を思い出していた。すでに佐久間は斃《たお》している。田鶴と斬り合う何の理由もなかった。朔之助は田鶴の執拗《しつよう》さに苛立っていた。

だが、田鶴は半ば狂乱しているように見えた。眼を光らせ、気合を発して斬りこんでくる。田鶴の打ちこみは鋭く、朔之助は身をかわして逃げながら、避けそこなって肩先や胸をかすられた。朔之助は小川の岸に追いつめられていた。

「おろか者が！」

朔之助は唸《うな》って、刀を抜いた。その一挙動の間に、すかさず打ち込んできた田鶴の切先に小指を斬られた。朔之助は反撃に移った。田鶴の打ちこみを、びしびし弾《は》ねかえし、道に押し戻した。兄妹相搏《きょうだいあいう》つ異様な光景だった。

「若旦那さま。斬ってはなりませんぞ」

新蔵が叫んだのが聞こえた。切迫した声だった。朔之助が斬りこんだのを避けて、田鶴は身体を入れ替えたが、そのために川岸に押された。

朔之助のすさまじい気合がひびいた。田鶴の刀は巻き上げられて宙に飛び、次の瞬間田鶴は川に落ちていた。

「おろかな女だ。水で頭でも冷やせ」

朔之助はそう言ったが、振り返って新蔵をみると、尖《とが》った声を出した。

「新蔵、それは何の真似《まね》だ」

新蔵は脇差を抜いていた。朔之助に言われて、刀を鞘《さや》に納めたが、まだこわばった顔をしている。

——田鶴を斬ったら、俺に斬ってかかるつもりだったか。

と朔之助は思った。宇都宮の宿屋で、新蔵は田鶴に心を寄せていたことがあったのでないか、と思ったことが心をかすめた。

「田鶴を引き揚げてやれ」

朔之助は新蔵に声をかけた。田鶴は腰まで水に漬かったまま、岸の草に取りつき、顔を伏せてすすり泣いていた。悲痛な泣き声だった。

新蔵がその前に膝《ひざ》を折って何か言うと、やがて田鶴が手をのばして、新蔵の手に縋《すが》った。新蔵の腕が、田鶴の手を引き、胴を巻いて草の上に引き揚げるのを、朔之助は見た。引き揚げられたとき、田鶴はちらと朔之助をみたが、すぐに顔をそむけて新蔵の身体の陰に隠れた。その上に上体を傾けるようにして、新蔵が何か話しかけている。二人の方が本物の兄妹のように見えた。

——二人は、このまま国に帰らない方がいいかも知れんな。

ふと、朔之助はそう思った。家中屋敷の裏の天神川で、田鶴が溺《おぼ》れかかったときのことが、また思い出された。田鶴のことは、やはり新蔵にまかせるしかないのだ、と思った。新蔵、ちょっと来い、と朔之助は呼んだ。

「田鶴のことは、お前にまかせる」

朔之助は、懐《ふとこ》ろから財布を抜き出して渡した。

「俺はひと足先に帰る。お前たちは、ゆっくり後のことを相談しろ。国へ帰るなり、江戸にとどまるなり、どちらでもよいぞ」

お前たちと言った言葉を、少しも不自然に感じなかった。実際朔之助は肩の荷が下りた気がしていた。笠《かさ》をかぶり、田鶴に斬り裂かれた着物の穴を掻《か》き繕ってから、朔之助は歩き出した。身体のあちこちで傷がうずいた。

橋を渡るとき振り返ると、立ち上がった田鶴が新蔵に肩を抱かれて、隠れ家の方に歩いて行くところだった。橋の下で豊かな川水が軽やかな音を立てていた。

兵庫頭《ひょうごのかみ》の叛乱《はんらん》

神坂次郎

神坂次郎（こうさか・じろう）

一九二七年、和歌山県生れ。陸軍飛行学校卒。戦後、さまざまな職業を経て、歴史小説を書きはじめる。五八年「鬼打ち猿丸」で大衆文学賞受賞。代表作に『元禄御畳奉行の日記―尾張藩士の見た浮世』『今日われ生きてあり』『縛られた巨人―南方熊楠の生涯』などがある。

天守閣の鈴

南海の竜《りゅう》とよばれた徳川頼宣《よりのぶ》の居城、和歌山城は、紀ノ川の河口近く、虎伏《とらふす》山の丘陵にある。

この城の天守閣は、一種、異風である。

形式は姫路城や伊予《いよ》松山城などにみられる連立天守閣だが、三層三重の大天守閣と二層の小天守閣が、まるで親子が肩でも並べるようにぴったりと寄り添っている。

『南紀徳川史』によると、

《城郭の中、かく相並んで存するもの唯《ただ》和歌山城あるのみ》

だという。

現在の天守は、第二次世界大戦で焼失したのを市民たちが寄付金を募り、それを基金にして復元されたもので、天守の内部には徳川累代《るいだい》の藩主や家臣たちの武具・甲《かっ》冑《ちゅう》・古文書などさまざまな資料が展示されている。

この展示ケースの中に一個の鈴がある。

変哲もない、くろずんだ銀の鈴で、大きさは二センチばかり、鈴についた紐《ひも》も渋茶けて手ずれにケバだっている。南竜公遺愛の鈴という説明書きがなかったら、おそらく見過ごしてしまいそうな鈴であった。が、よく見るとその鈴の肌《はだ》に模様のようなものが見える。

（ん？）

そう思ってガラスに鼻をすりつけるようにして覗《のぞ》き込んでみたが、ガラスごしというのはどうにも具合がわるい。そんなところへ吉備《きび》老人がやってきて、

「お調べですか」

という。

小柄で温厚な郷土史家の吉備老人は、和歌山城が好きで好きで、城が再建されるのを見るとじっとしていられず、ついには家業の仕立職を投げ出して城の警備係になったひとである。

「ここになにか彫ってあるようなんですが？」

「ああ、それは毛彫りで玉追竜を……それと竜の尾の下に虎という文字が見えます」

「虎……ですか？」

火焔《かえん》のような宝珠を追っていく竜と、虎の文字はなにを表わしているのであろう。

「さぁ」

それは吉備老人にもよくわからないようであった。

「いちど、ご覧になりますか」

そういうと吉備老人は詰所のほうに引き返し、展示ケースの鍵《かぎ》を持ってきた。

鈴は、吉備老人の皺《しわ》ばんだ指先で、ちりちりと澄んだ音をたてた。

「……三百年まえの鈴の音です」

狼《おおかみ》の目

兵庫《ひょうご》は、ゆったりした足どりで鶴《つる》の渓《たに》の石段をおりた。

鶴の渓は、樹叢《こむれ》が鬱然《うつぜん》と頭上をおおった石畳の谷間で、小砂利を敷きつめた道が切手御門の方にのびている。

城内も、このあたりは樹々《きぎ》のみどりが濃い。その青葉のにおいをふくんだ風が吹き抜ける道を、兵庫は歩いていった。

牧野兵庫頭長虎《ながとら》、年のころは二十五、六。上背があり、髯《ひげ》の剃《そ》りあとが青々として、朝々、馬丁を従えて馬場に通う姿のあまりの秀麗さに、城下の娘などは、思わず目を伏せたくらいであったという。

が、その気性のはげしさは別人の感がある。十一歳のころ、寺小姓をつとめていた越前《えちぜん》（福井県）藤島の長命寺で人を斬《き》り、紀州（和歌山県）熊野《くまの》新宮《しんぐう》の社家に身を寄せた。おりから放鷹《ほうよう》にきた徳川頼宣が、路傍に土下座していた彼の眉目《びもく》の清秀さを目にとめ、召し出して児小姓《こごしょう》にした。このとき兵庫、十五歳である。

以来、兵庫は寸暇を惜しんで学問・武芸を学び、天性の資質をしめした。そんな兵庫が、剛毅《ごうき》果断の頼宣の意にかなわないはずはない。兵庫は、いくたびか異例の抜擢《ばってき》をうけ、ついには食禄《しょくろく》六千石、家老職にまで登用された。

兵庫のこの異常な栄達は、たんなる寵愛《ちょうあい》とばかりみることはできない。頼宣は暗君ではない。むしろ賢君といっていい。引き立てるには引き立てるだけの功績があったのであろう。

鶴の渓の道を左に折れた兵庫は、築地《ついじ》塀《べい》のつづく茅門《かやもん》をくぐった。

茅門のなかは庭園になっており、林泉がふかい。渓にかかるふたつの橋があり枯山水があり、茶亭があり、濠《ほり》の水をひきまわして池の中に立つ池亭があり、藩主の休息のための御数奇屋《すきや》がある。

茅門から姿を見せた兵庫に、警固の番士たちはあわてて低頭した。兵庫は軽くうなずいて茶亭の方に行った。

「で、正雪めの手筈《てはず》はどうだの？」

茶を点《た》てながら頼宣は、待ちかねたように声を出した。

「万々、遺漏はございませぬ」

幕府転覆の謀計は、すでに成っている。あとはただ、ときを待つだけであった。

由井（比）正雪の計画というのは——

まず、丸橋忠弥《ちゆうや》ら千五百の同志たちが、風のはげしい夜をねらって江戸市中の各所に火を放つ。その混乱に乗じて江戸城二の丸・北の丸の煙硝蔵《えんしようぐら》に勤仕する正雪門人が煙硝蔵を爆破し、江戸城を火の海にする。それと同時に、三つ葉葵《あおい》の紋じるしをつけた提灯《ちようちん》をかざした正雪の一隊は、紀州頼宣火急の登城といつわり江戸城に侵入し、急を知って登城してくる幕閣の要人・諸大名を殺して将軍を奪い、江戸城を占拠しようというくわだてである。

計画はこればかりではない。

江戸反乱軍の蜂起《ほうき》と時をあわせて他の一隊は駿河《するが》（静岡県）久能《くのう》山に乱入、東照宮の宝蔵から黄金二百万両を奪取し駿府《すんぷ》城の攻撃に向かう。また、京・大坂の同志もこれと同時に火の手をあげ、幕府の苛酷《かこく》な大名取りつぶしによって諸国に充満する二十余万の牢人《ろうにん》たちに呼号して、天下を騒乱と恐怖のどん底にたたき込もうというのである。

この反乱に、将軍家光《いえみつ》の叔父で南海の竜、南竜公とよばれた英傑、紀州頼宣が起《た》ちあがり、無道な徳川宗家を弾劾《だんがい》し、天下万民のためにとってかわるという大義名分の旗じるしをひるがえせば、どうなるか。

日ごろから幕府への鬱憤をおさえかねている徳川一門や諸大名たちは、正雪一党の襲撃に壊滅した幕府を捨て、南竜公の旗のもとに欣然《きんぜん》と馳《は》せ参じることは明白であろう……と、正雪は説《い》う。

幕府への鬱懐やみがたいのは頼宣にしても同じである。

江戸幕府はすでに三代将軍家光の世になっていたが、社会的にはまだ草創時代の不安定さが濃く残っていた。だから幕府は、あらゆる方法で徳川宗家の権威確立をはかるため、諸大名の取りつぶしを強行した。この強行政策のまえには、御三家でさえ安穏ではなかった。

頼宣の言行を記録した『大君言行録』の中で、

――国主というものは、

と、頼宣は溜《た》め息《いき》する。

――たとえ一門兄弟の家でも、むざと料理を食い湯茶を飲んではならぬ。兄弟のなかでも毒を飼うことがある。兄弟といっても、おおかたは異腹である。兄弟に害意はなくとも、母の考えで毒殺をくわだてることがあるからだ。用心第一なり。

そういう時代であった。家康《いえやす》の第十子で、その豪邁《ごうまい》な気性のゆえ父から愛され、駿《すん》遠《えん》五十万石をあたえられた頼宣も、家康の死とともに兄の二代将軍秀忠《ひでただ》から、はるか南海の辺境、紀州和歌山に移されたのだ。秀忠は、剛毅闊達《かったつ》な頼宣が東海道の要衝の地にあるのを危険視したからである。

こんな例は、いくつかある。

兄の秀康《ひでやす》を出し抜いて宗家を継いだ秀忠は、その兄の子の、かつて家康が大坂の陣で武功第一、古今無双と激賞した越前宰相・松平忠直《まつだいらただなお》から越前六十七万石を召し上げ、その生涯《しょうがい》を豊後《ぶんご》（大分県）の地に埋もれさせている。忠直の罪状は「乱行」のゆえにである。また、家康の第六子松平忠輝《ただてる》からは「謀反《むほん》」の疑いありとして、越後《えちご》（新潟県）高田六十万石を奪取し、信濃《しなの》（長野県）の地に幽閉している。そしてまた三代将軍家光は、将軍の椅子《いす》を争った弟の駿河大納言《だいなごん》徳川忠長《ただなが》を「狂気、乱心」をもって所領没収、抹殺《まっさつ》に成功している。

幕府が申し渡す「廃絶」に理由はいらない。身に覚えがあろうがなかろうが、「故《ゆえ》ありて」のことばさえあればよかった。所詮《しよせん》、狼は羊がいかに弁明しようと、ついには食ってしまうものだ。

頼宣は自分の背後に、幕府の〝狼〟の視線を強く感じている。いずれ幕府は、なんらかの口実をもうけて紀州徳川家を取りつぶす魂胆であろう。思いあたるフシがないではない。こういうことがあった。兄の尾張《おわり》大納言義直《よしなお》が、江戸で病んで危篤《きとく》になったとき、知らせをうけた頼宣は、義直見舞いのための江戸下向を幕府にとどけ、いそぎ出立した。頼宣一行が遠州見附にさしかかったおり、老中からの書状がもたらされ、

義直の病状が快方に向かったゆえ、

――ひとまず紀州へ御帰国あれ。

これは将軍家光の上意である、という。

ところが奇怪なことに、もう一通、将軍の出頭人である中根壱岐守《いきのかみ》からの書状がとどけられ、

――そのまま江戸に御下向あるべし。

これは将軍家光の内意である、という。

この二通のまったく正反対の書状は、いったいなんなのであろうか。明らかに幕府

のワナである。このときは判断を誤らず事なきを得たが、一歩踏み違えば、「紀伊殿、越度《おちど》」の口実のもとに処断されたことはまちがいない。こんなことが再三あった。

――ならば、いっそ、わしが狼に化《な》ってくれるわ。

狼を驚走させるには、狼の巨魁《きょかい》になるしかない。

露地庭のあたりに小鳥がきているらしい。ときおり、かすかな羽音と、ち、ち、という鳴き声がする。

「……で、正雪めらは」

兵庫は声をついだ。

「殿が参勤にて江戸下向あそばされるを待ち、いよいよ」

「起つか」

頼宣はにやりとした。

「これからは、そちも忙しゅうなるの」

「大事の殿が無類の戦好みでござりますゆえ、家来めも、せめて後駆《しんがり》いくさなりと、勤めねばなりますまい」

そういうと兵庫は、かたちのよい唇から真っ白な歯をこぼした。

「や、こやつの申しようかな」

頼宣は声をあげて笑った。

しかし、と兵庫はいう。

「殿は正雪めらの反乱を高処《たかみ》からながめ、事が成ればそれに乗じて天下をおつかみなされ……が、兵庫めはそうもなりませぬ。万一、策が破れたとき、殿が幕府にうそぶけるだけの布石を、いまから退《の》き口の各所に打っておかねばなりますまい」

「そうだの」

「されば兵庫め、おそれながらお家を退転し構われ者になり申す」

構われ者というのは、大名家を見かぎって出奔した家臣に加えられる一種の制裁「奉公構い」で、この烙印《らくいん》を押されたものは、他の大名家も召しかかえることを遠慮し、生涯、仕官の途《みち》は閉ざされ、牢人するしかない。

「その辛抱も暫時《ざんじ》であろう……心して働いてくれよ」

「かしこまってござある」

兵庫は、ふかぶかと低頭した。

兵庫頭の退転

兵庫が「紀州家を見かぎって出奔」するのは、数日後のことだ。

兵庫は周到であった。そのまえに、ふたつの騒動に首をつっ込んでいる。

――中川数右衛門《かずえもん》の砲術の門人に、平塚三郎兵衛《ひらつかさぶろべえ》という男がいた。この平塚が、砲術の才を見込まれて和州（奈良県）高取藩に二百石で召しかかえられた。ここまではいい。ところがこの平塚というのは不敵な男で、師の数右衛門の許しも得ずにわが一派を立ててしまったのである。そのうわさを聞いて激昂《げっこう》したのは中川である。さっそく、門弟の浪人某をよんで、平塚にあたえた砲術皆伝の免許を取りもどしにいかせた。そこでどういう口論があったのか、浪人が平塚父子に斬り殺されてしまったのである。藩の重役たちはとまどった。なにしろ、高取藩士との間の紛争である。軽はずみな処理はできない。考えあぐねた重役たちは、頼宣の意見を求めようとした。が、そんな重役たちの思案を鼻で嗤《わら》ったのは兵庫である。

「なにを生ぬるいことを……高取藩ごとき、手前がまいって踏みつぶしてくれるわ」

兵庫は強引であった。重役たちを尻目《しりめ》に独断で高取藩に談判し、とうとう平塚を切腹させてしまった。

しかし、こんな人もなげな振舞いをされては、重役たちの面目が丸つぶれである。

「おのれ兵庫め、われらを白痴《こけ》にする所存か」

――また、あるとき。お供番の堀部《ほりべ》佐左衛門《すけざえもん》と村上郷八の間で、いまにも斬り合いそうな争いがおこった。時の月番は藩老の三浦長門守《ながとのかみ》と加納五郎左衛門《ごろうざえもん》である。両人をよんで吟味したところ、堀部の申し立てに偽りがあることがわかった。その堀部が、どうしたことか処分されない。

藩老の三浦と加納が、大廊下の向こうからくる兵庫に出くわしたのは、吟味から半月ほどあとである。兵庫は、そのふたりとすれちがいざま、じろっと見て、

「なんと、武辺の風上にもおけぬ恥知らずの堀部めを、見せしめのため磔《はりつけ》にかけてくれようという家老《おとな》もおらぬのか」

と、聞こえよがしに言う。

兵庫のことばに、目を吊《つ》りあげて怒ったのは加納である。

「おのれ、われらの詮議にいらざる差出口をする家老めこそ、真っ先に磔にかけてくれるわ」

加納は、兵庫をにらみつけた。と兵庫のほうも、

「やあ、推参なり五郎左衛門！」

と脇差《わきざし》に手をかけ、顔を蒼凄《あおず》ませた。

さいわい、これは三浦長門守や部屋に詰めていた藩士たちの制止によって刃傷沙汰《にんじようざた》にならずにすんだ。が、兵庫の紀州退転はこの加納との争論が原因だと『南紀徳川史』はいう。

けれど、そうではあるまい。兵庫にしてみれば、紀州を出奔するにはするだけの、周囲を納得させる理由が必要であった。もともとが擬態、喧嘩《けんか》の相手などだれでもよかったのである。

叛臣流罪《はんしんるざい》

慶安四年（一六五一）四月。

正雪の計画に齟齬《そご》がおきている。

三代将軍家光の容態が悪化し、にわかに世を去ったのだ。後嗣の家綱、わずか十一歳である。

江戸の町は不穏のうわさにつつまれ、幕府は緊張した。その緊張と混乱のなかで幕閣要人の交替が行なわれ、御三家はじめ諸大名の登城がつづき、江戸城の警戒はひときわ厳重になった。

これでは手の出しようがない。正雪たちは焦《あせ》った。いまは時期ではない。そのうちに警戒もゆるむであろう。反乱をおこすのはその時だ。

しかし、この正雪の熟慮が計画をゆるがせた。同志のなかから裏切り者がでたのである。

七月二十三日夜、決行直前になって動揺した林理右衛門《りえもん》が、雉子《きじ》橋内の松平伊豆守《いずのかみ》の邸《やしき》に駆け込み、謀反の計画をぶちまけてしまった。裏切りはひとりではない。つづいて同志の奥村八左衛門が、そして御弓師の藤四郎が……

(やんぬるかな)

兵庫《ひょうご》は唇を噛《か》んだ。

正雪らが挫折《ざせつ》し反乱の帰趨《きすう》がみえたいま、

(もはや、江戸にも用はあるまい)

兵庫は筆をとって二通の書状をしたためた。そして小者を呼ぶと、

「これを赤坂の安藤帯刀《たてわき》どのにお渡しせよ」

と、言いつけた。

頼宣《よりのぶ》が兵庫を招いて、ひそかに練りあげた由井正雪との謀計は、紀州家の老臣たちのなかでも知るものは少ない。この機密は頼宣と兵庫と、そして紀州徳川家の附家老、田辺《たなべ》城主の安藤帯刀、同じく新宮城主の水野淡路守《あわじのかみ》と、それに藩老の三浦長門守ら五人だけの共有になっている。

その安藤への書状の一通は、兵庫が紀州へ帰国するむねを告げたもので、あとの一通は、紀州家を退転した牢人、牧野兵庫が幕府老中、松平伊豆守にあてたもので、

——南竜公《なんりゅうこう》ご陰謀、

を密訴した書状である。

この書状を、暮夜ひそかに松平邸に投げ込むか、それとも「奉公構いにした牧野兵庫の小者を捕えたところ、懐中にあった」ものとして頼宣自身、松平伊豆守に示すか、それは頼宣が時機に応じて処置すればよい、と兵庫は思っている。

兵庫には、頼宣に逆謀ありといって〝旧主〟を相手どって公儀に出訴し、かえって頼宣に逆心がないことを幕府に認めさせようという、一種、捨て身の深謀がある。

(さて、紀州に帰るか)

翌朝、旅装をととのえた兵庫は、紀州に向かった。

捕われるためにである。

兵庫の駕籠《かご》が紀・泉国境《くにざかい》の雄ノ山峠をこえて山口の宿《しゆく》に入ったのは、昼どきをすこしまわったころであったという。

澄みきった秋の空に、鳶《とび》が一羽ゆるやかに舞っていた。

このあたりは、山すその宿場とはいえ藩主の山口御殿もあり、往来のにぎやかなところである。

が、どうしたことか宿場にも往還にも人かげがない。

（さては）

兵庫は駕籠の中からまわりを見た。

（どうやら、ここらしい）

そう思ったとき、街道の松並木や茶店や宿の物かげから、ばらばらと男たちがおどり出てくるのが見えた。男たちは、兵庫の駕籠を押し包むように取り巻いた。高田喜八郎、竹本茂兵衛《もへえ》、的場《まとば》源四郎ら二十数人の藩士たちである。

「牧野兵庫頭長虎《ながとら》、奸謀《かんぼう》の段々明白である。神妙になされよ」

藩士たちは、山口御殿の広庭に駕籠を引き入れ、据《す》えた。

高田喜八郎は、濡《ぬ》れ縁にとびあがると書付をかざして、

「御意《ぎょい》であるぞ」

そういうと、高い声で兵庫の罪状を読みあげた。

声に、兵庫は平伏した。

「畏《おそ》れいってござある」

こうして兵庫は三浦長門守にあずけられ、洞《どう》ノ川に押し込められた。

そののちの兵庫の身柄《みがら》は転々する。慶安四年十一月、水野淡路守の新宮城下に移され、翌、承応《じょうおう》元年（一六五二）五月、安藤帯刀の田辺城下に移された。

田辺での兵庫の幽閉所は、城下はずれの神子浜《みこがはま》に設けられた邸であった。逆境の兵庫をあわれみ、ねぎらうために安藤帯刀が新しく建てたものである。

この座敷牢《ろう》から、熊野《くまの》の海がよく見えた。

幽閉所の警固には、本藩直属の田辺与力たちのなかから、老年でも若輩でもない思慮豊かなものがえらび抜かれ、彼らはみな熊野権現《ごんげん》に誓紙をささげたのち勤仕したという。

これらの与力衆の任務は、兵庫の監視というより、むしろ、幕府に頼宣を出訴した兵庫への憎しみをもつ士庶たちの狼藉《ろうぜき》から、兵庫の身を守るためであったのかもしれない。

世間は、時として軽率である。それでもなお警固の目のとどかぬ物かげから幽閉所に投石し、

「忘恩の犬め！」

「姦賊《かんぞく》、腹を切れ！」

など罵声《ばせい》を浴びせかけるものがあとをたたなかった。

しかし兵庫は、人びとの罵声をよそに凝然とすわりつづけていた。その横顔は、恩《おん》寵《ちよう》をうけたあるじのために、おのれの器量のかぎりをつくして働きつづけたあとの充足感を、ひとり味わっているようでもあり、人生の半ばで一炊の夢を見つくした男のもつ、恬《てん》としたしずけさのようでもあった。

田辺にきて半年後の承応元年十月十日、兵庫は幽囚のうちに死んだ。享年《きようねん》二十九である。

あるじを失った幽閉所の座敷に、道中簞笥《たんす》がひとつ、ぽつねんと置かれていた。山口宿で捕われたとき、小者に担《かつ》がせていたこの簞笥だけが、かつて六千石、家老職、出頭第一の権勢者《きれもの》であった男の家財のすべてであった。

道中簞笥は兵庫の遺言によって、和歌山城下の安藤帯刀の邸に運ばれていった。簞笥は、邸の奥まった一室に置かれ、かえりみるものもないままに忘れられた。

南竜公の帰国

正雪一味の処断を行なった幕府は、ついで紀州頼宣を江戸城に召喚した。

この陰謀事件の背後に頼宣がいた、という嫌疑は濃い。

正雪が謀反《むほん》をくわだてるにあたって紀州侯の家臣を称したこと、紀州徳川家の、三つ葉葵《あおい》の紋をつけた提灯《ちょうちん》をつくり、紀州頼宣が登城すると偽って江戸城に侵入しようとしたこと。そのうえ、正雪の邸からは頼宣の印形を押した判物まで発見されているのだ。

——紀伊殿ご陰謀！

幕府は色めきたった。いかに紀州侯とて黙視することはできない。幕府は頼宣に正雪一件の釈明を求めた。

頼宣は、大広間に居並んでいる御三家の水戸《みと》・尾張《おわり》侯をはじめ、大老の酒井讃岐守《さぬきのかみ》忠勝《ただかつ》・井伊掃部頭直孝《かもんのかみなおたか》、老中の松平伊豆守信綱・阿部豊後守忠秋《あべぶんごのかみただあき》らの前に肚《はら》太げな面《つら》がまえですすみ出た。そして頼宣は、

「この書状、お覚えがござりましょうや」

と阿部忠秋が差し出す証拠の判物を一目見るなり、

「謀書じゃ」

頼宣はかるくいってのけた。

「なにゆえをもって、さよう仰《おお》せられる」

「この印形を見られよ」

よく似てはいるが、これは偽印である。不審の向きは幕府に保管しているいままでの頼宣の判物とくらべてみよ、と頼宣はいう。さっそく、頼宣の文書をとり寄せ確かめてみた。頼宣の言はあたっていた。まさしく偽印であった。

「……」

「わが家の家老に牧野兵庫と申すものがござる」

と、いいながら頼宣は、列座している閣老をじろりと見た。

その兵庫が正雪にたばかられ、この偽印をこしらえたものでござろう。兵庫め、行状よろしからず、本来なれば切腹申しつけるべきなれど、後日の証《あかし》にと搦《から》め捕り、すでに田辺城下に幽閉申しつけておるわ。

そういうと頼宣は、からからと哄笑《こうしょう》した。

「さてさて、めでたいことよ。これが外様《とざま》大名の印に似せたものなら、天下騒乱のもと……この頼宣の印に似せたがさいわい。ご安堵《あんど》なされよ、これにて幕府は大磐石《ばんじゃく》でござるよ」

喚問は頼宣の独り舞台に終わった。結局は、頼宣の腹芸に振り回されただけである。悠々《ゆうゆう》と退出していく頼宣を見送った井伊直孝は、

「あれだから、みなみな紀伊殿をこわがるのでござるよ」

と、渋い面つきをしたという。

だが、これで万事が終わったわけではない。確たる証拠はないにせよ、頼宣への疑惑はいぜんとして残っている。頼宣の弁明にしても、その底にすっきりしない、どことなく虚偽《うそ》くさいものがよどんでいるのだ。

頼宣はこの年から十年もの間、帰国を許されなかった。

その十年目の万治《まんじ》二年（一六五九）の初夏、紀州田辺の安藤帯刀（四代、直清）が頼宣のもとに小さな包みをとどけてきた。

それは、琴の爪《つめ》入れほどの小箱で奉書にくるまれ封印が施されている。帯刀の書状によると、これは牧野兵庫頭長虎が先代の帯刀に遺贈した道中簞笥に納められていたものだが、簞笥をおくられた先代の帯刀も兵庫の死後ほどなく世を去り、簞笥はいままで開けることなく忘れられていた。ところがこのたび簞笥を調べたところ、包紙に

頼宣公に献上という文字を拝したゆえ、いそぎおとどけ申しあげるのだという。

その包みをながめているうちに、頼宣は好奇心にかられて小箱の封を裂いた。小箱をひらき、箱に詰められた紙をひらいた。幾重にもくるまれた紙のなかから、一個の鈴が出た。鈍色《にびいろ》にくすんだその鈴の肌《はだ》に、草《そう》のかたちの玉追竜が手彫りされ、その竜の尾の下に小さく〝虎〟という文字が見えた。

頼宣は鈴の紐《ひも》をつまんで、かるくふってみた。が、鈴は鳴らなかった。見ると、鈴の空洞《くうどう》に紙がつめられている。頼宣は脇差の笄《こうがい》をとり、その先端で紙をほじり出した。薄葉《うすよう》の紙片であった。それには、

《血判起請文《きしようもん》……元和《げんな》五年（一六一九）四月……寛永十九年（一六四二）四月……日光東照宮宝殿》

と文字が記されていた。

——これは、いったい？

頼宣は怪訝《けげん》な目をした。

が、それもしばらくであった。頼宣は不意に、あ、というような表情をした。

——そうであったのか。

頼宣は、太い息を吐いた。

万治二年九月はじめ、帰国を許された頼宣の行列が江戸を発《た》って紀州に向かった。

幕府が頼宣に対していだいていた疑いを解いたのは、日光東照宮の長老が松平伊豆守と交わした雑談がきっかけであった。話の間に長老は、東照宮の宝殿におさめられていた頼宣の血判起請文のことを、ふと洩《も》らした。

「それは、まことか」

伊豆守からそれを聞いた閣老たちが、日光からその起請文を取り寄せ、開いてみた。熊野牛王《ごおう》の裏に書かれた起請文は元和五年と寛永十九年の二通あり、その文面はいずれも将軍家への誠忠を神に誓ったものであった。

「紀伊殿には、かようなお心入れであったか」

頼宣に帰国の許しが出たのは、それからまもなくである。沙汰《さた》をうけた頼宣は、頰の奥で、ふ、ふ、と嗤《わら》った。

起請文のことが伊豆守の耳に入るように、日光の長老に手をまわしたのは頼宣であった。そして、その起請文を頼宣に書かせ、ひそかに日光の宝殿におさめてきたのは兵庫であった。

——ようぞ思い出させてくれた、虎よ。

それにしても、これは執拗《しつよう》なまでにみごとな布石であった。

——そちの知恵いくさ、公儀に勝ったわ。

頼宣を乗せた駕籠は、いつか嘉家作《かけづく》りの街道を過ぎ、城下に入っていた。

頼宣は駕籠脇《わき》の家士に声をかけ、引戸を開けさせた。

目の向こうの、城下の屋根の波が、虎伏山の樹々の緑につつまれた櫓《やぐら》が、高い天守が、ぬけるように蒼《あお》い天のひろがりのなかで、しずかに揺れながら近づいてきた。


牧野兵庫頭《ひょうごのかみ》長虎、流罪《るざい》。陰謀アルヲモッテ也《なり》。

長虎、知恵万人ニスグレ君寵ヲタノミ威権内外ヲ傾ケ横暴多シ。衆コレヲ悪《にく》ムトイヘドモ皆ソノ威ヲ怖ル。慶安四年七月、江戸浪人由井正雪、南竜公ノ命ト偽リ称《とな》へ、ソノ判形ヲ似セ謀書ヲ認《したた》メ叛逆《はんぎやく》ヲ企ツ。陰謀露顕、徒党コトゴトク御誅《ちゆう》戮《りく》ニ伏ス。正雪儀ニツキ長虎逆心アラハレ田辺ニ幽閉仰セツケラル。

承応元年十月十日配所ニ死去ス（『南紀徳川史』）。

拝領妻始末

滝口康彦

滝口康彦（たきぐち・やすひこ）

一九二四年、長崎県生れ。高等小学校を出て、さまざまな職を経験しつつ小説を書き始めた。五九年「綾尾内記覚書」でオール新人杯（のちのオール讀物新人賞）を受賞。五八年「高柳父子」、六六年「かげろう記」、六七年「霧の底から」、七三年『仲秋十五日』、七四年「日向延岡のぼり猿」、七九年『主家滅ぶべし』で直木賞候補。二〇〇四年死去。

一

その話が出たとき、笹原家《ささはらけ》ではすくなからず当惑した。途方にくれたといってもよい。困ったことになった。正直、そんな思いが強かった。話を持ってきたのは、会津若松二十三万石の主《あるじ》、松平正容《まさかた》のお側用人《そばようにん》高橋外記《げき》であった。

笹原家は、物頭《ものがしら》で禄《ろく》三百石、藩祖保科正之《ほしなまさゆき》以来の家柄だが、お側用人が、それも夜、わざわざたずねてくるのは異例といわねばならない。なにごとだろうと、笹原伊三郎は、見当をつけかねてとまどいながらも、ともかく外記を座敷へ案内した。

享保《きようほう》十年秋はじめ、近く願い出て、二十五歳になる嫡男《ちやくなん》与五郎に、そろそろ家督を譲ろうという矢先である。座につくと、世間話の一つもするではなく、高橋外記はただちに用件に入った。

「今夜うかがったのはほかでもない。実は近くお市の方さまにお暇がつかわされる」

ついてはと、外記が切り出したのは、思いもかけぬことだった。二年前から主君正容の寵《ちょう》を得、容貞と名づける男の子までもうけたお市の方を、妻として与五郎に賜わるというのである。お暇が出される理由は、いささか御意にかなわざるところがあって、とだけで、外記は言葉をにごした。

「とはいえ、なまじなものに縁づけては、不憫《ふびん》と仰《おお》せられてな」

殿の御内意ゆえ、ありがたくお受けするように。返事はあらためて聞きに参るといおいて外記が帰ると、伊三郎は、妻女のすが、長男の与五郎、次男の文蔵を呼んだ。どの顔にも、困惑の色があった。

すでに五十を越した正容にとって、お市の方は、孫娘ほども年が違っている。それだけに、溺愛《できあい》ぶりも常軌を逸して、おつきの者が顔あからめるような振舞も多かったという正容が、にわかに暇を出す気になったのには仔細《しさい》があった。この春お市の方は、正容のすすめもあって、容貞を乳人に預け、熱塩《あつしお》へ保養に出かけたが、一月ほどして、お奥に戻ってみると、正容のそばには、お玉という若い女がとりすまして侍《はべ》っていた。逆上したお市の方は、いきなり髪をつかんでお玉を引き倒し、さんざんに打擲《ちょうちゃく》したばかりか、はては正容の胸に武者ぶりついて泣き狂いしたという。

「あまりのことにあいそづかしなされて、殿は以来一度も、お市の方を閨《ねや》に召されてはおらぬそうな」

もっぱらの家中《かちゅう》のうわさであった。

——お紋の方の二の舞では困る。

伊三郎が案じたのは、まずそのことであった。もう二十数年も昔になろうか。正室竹姫を失った松平正容は、下屋敷に二人の女をおいた。竹姫のおつき女中だったおようと、浪人榎本なにがしの娘お紋である。どちらも若くて美しかった。おのずと、寵を争う形となった。

間もなく二人ともみごもり、前後して正容の子を生み落した。およう は女、お紋は男であった。本来ならば、男児をもうけたお紋に情がうつるところだが、正容はかえっておように心を傾けた。はげしい嫉妬《しっと》にかられたお紋は、あるとき、懐剣をひらめかして自害すると正容をおどした。怒った正容は、お紋を会津へ送って幽屏《ゆうへい》した。自分の生んだ正邦の成長を、お紋は唯一《ゆいいつ》の頼みとしていたが、不幸にして正邦は早世した。十余年の幽居の末に、ようやく許されたお紋は、使番神尾八兵衛に嫁いだ。死んでもいやと訴えるのを、正容の旨《むね》を含んだ老臣たちが、強引に押し切ってしまったのである。うまくいく筈《はず》がなかった。

お紋は正容の寵を受けた昔の夢をいつまでも忘れず、ことあるごとに夫の八兵衛を軽んじののしった。八兵衛は隠忍したが、お紋の狂態はつのる一方である。八兵衛は

ついに恥を忍んで、

「お紋儀短慮はなはだしくして、行末見届かず、御慈悲にお引き戻し下さるよう」

と、拝領女房の返上を願い出た。願いは聞き届けられたが、兄のもとへ預けられたお紋は、呪詛《じゅそ》の果てに悶死《もんし》した。それが十年ばかり前のことである。伊三郎は与五郎に、神尾八兵衛の轍《てつ》を踏ませたくなかった。

「お殿様御寵愛のお市の方さまを、嫁に迎えるなど、なんとしても、おそれ多いことにございます。なにとぞ」

三日目の夜、ふたたびたずねてきた高橋外記の前に、伊三郎は平伏した。

「そのような斟酌《しんしゃく》は無用、先ごろも申した通り、殿の御内意である。それに、前例はいくらもあることだ」

高橋外記は、いくつかの例をあげて押し返した。伊三郎は、なおもくどくどといいわけをつづけた。

「くどいわ。御内意だと申したこと、まだわからぬか」

外記の声がとがった。

「そこを曲げて」

伊三郎もくいさがった。

——父上。

座敷の気配を察して、与五郎の胸に、熱いものがこみあげてきた。常ならば、御用人と聞いただけで、満足にはものもいえないような父である。伊三郎は若いころから、「まるで養子にいくために、この世に生れてきたような男」などとよくいわれた。それを裏書きするように、二十六のとき笹原家の養子となり、以来、家つき娘で、気位ばかり高いすがの尻《しり》にしかれっぱなしだった。そんな父が——と思うと切なかった。

高橋外記は青くなっていた。伊三郎はさっきから、額をたたみにすりつけている。灯りを受けて、めっきりうすくなった頭髪が透けて見えた。

「ご辞退つかまつります」

その一点ばりで伊三郎は押した。

「絶対に聞かぬと申すのじゃな」

「いえ、ご命令を聞かぬと申すのではなく、ご辞退つかまつるのでございます」

「黙れ」

外記のこめかみに青すじが立った。そのとき、ふすまが静かにあいた。

「父上、わたくし、お受けいたしたいと存じます」

与五郎であった。

軽はずみとは思わなかった。父に難儀をかけるまいというだけでもない。お紋さまとは違う。確信に似たものがあった。与五郎は一度だけお市の方と会っている。いや、そのころはまだいちだった。たしか道場からの帰りだったと思う。稽古《けいこ》道具を肩に、五、六人つれだって歩いているとき、

「おい、塩見平右衛門どのの娘だぞ」

と誰かが、中間《ちゅうげん》を供にしたがえた、十五、六のういういしい娘にあごをしゃくった。それがいちであった。会ったといってもただそれだけで、声をかけたわけでもないし、どんな顔だったかも今は覚えていない。にもかかわらず、なにか言葉であらわしにくい、鮮烈な印象が残っていた。

二

秋が深まったころ、内輪の祝言《しゅうげん》があって、お市の方は笹原の家に迎えられた。もとのいちに戻った。与五郎はもちろん、つつがなく家督を相続し、伊三郎は隠居した。伊三郎のおそれは杞憂《きゆう》に過ぎなかった。小柄なせいもあってか、つつましい立居振

舞のいちは、二年余も、五十を越した正容の寵を受けていた女とは思えず、生娘のような清らかさを、身のまわりにただよわせていた。しかし、すがは大いに不服だったらしい。祝言のあくる日から、ネチネチといちをいびりはじめた。

「いかにもとは殿の思いものであったとて、いったんこの家に縁づいた以上、もはやどこまでも笹原の嫁、よいかえ、そのつもりでいなされや」

陰《いん》にこもったもののいい方で、箸《はし》のあげおろしにまで文句をいった。与五郎が出仕しているときは、ことにはなはだしい。見かねた伊三郎がやんわりたしなめると、

「いいえ、これくらいせねばしめしがつきませぬ。和子《わこ》さままで生んでいながら、お暇を出されるような女、甘い顔を見せれば図に乗りましょう」

とたちまち眉《まゆ》をつりあげた。わたしがいたらぬからと、いちは常に自分を悪者にした。それがいちばん波風を立てぬ法とわかっているからだ。与五郎に告げ口もしなかった。それでもときには涙ぐんでしまう。するとすがは、えたりといたぶりにかかった。

「なんで泣きやる。笹原の嫁に格さげされたのが、それほど口惜しいのかえ」

笑顔に受け流せば受け流したで、やはりなんだかんだとからんでくる。だがいちは耐えた。ときとして与五郎が息まけば、

「当のわたくしが、なんとも思うてはおりませんのに」

と、逆になだめるようないちだった。こんないちが、逆上して、殿のお胸に武者ぶりついたなどとは、とても信じられなかった。ある夜、与五郎がそれをいうと、

「ほんとうでございます」

いちは寂しい笑いを見せた。いちの運命が狂ったのは、彼女が十六の春であった。お側用人の高橋外記がきて、父の平右衛門と座敷でなにやら話しこんでいるところへ、お茶を運んでいったいちは、そこで自分の話が出ているなどとは夢にも知らなかった。いちはあとで座敷に呼ばれた。父の平右衛門がそそくさとさがるのを待って、外記がその話を切り出したとき、いちは、おどろきよりもむしろいきどおりを覚えた。五十を越した正容が、まだ十六になったばかりの自分に執心《しゅうしん》しているというのが、いいようもなく不潔で、首すじを毛虫がはいまわるような悪感《おかん》がした。そんないちの心の動きを、外記はすぐ見てとった。

「お殿様は、好きでかようなことを望まれてはおらぬ。大名というものは、あとつぎがなければ、たちまちお家断絶じゃ。もしそうなれば、困るのは家中の者、何百の家臣、いや、家族を合わせれば何千人の人間が、路頭に迷わねばならぬ」

今正容には、世子正甫《まさもと》があるきりで、あとには一人も男の子がなかった。正甫の身

にも万一のことでもあれば、お家はどうなるかと外記は強調した。

「といって、誰でもおそばに召すというわけにもいかぬ。和子さまを生んでもらうには、いちどののように美しく、また心ばえやさしい女でなくてはかなわぬのだ」

「わたくし、お受けできませぬ」

いちには許婚《いいなずけ》があった。

「笠井三之丞にすまぬと申されるのだな。ではいちどの、三之丞さえ承諾してくれれば、おそばにあがって下さるか」

「――――」

「どうなのだ」

「それはもう……」

若いいちは、いつの間にか、ものやわらかで巧妙な外記の弁舌に乗ぜられて、そう答えざるを得ないはめに追いこまれていた。一つには三之丞への信頼もあった。このような理不尽、三之丞さまが納得なさる筈がない。そう思った。誤算だった。数日とはせず、

「殿の仰せならばやむを得ませぬ」

と、三之丞はかしこまって受けたという。驚愕《きようがく》したいちは、夜おそく笠井の屋敷を

訪ねた。恥《はず》かしいとも、はしたないとも、考えてはおられなかった。その時までは、まだ一縷《いちる》の望みを抱いていたが、三之丞は門をとざして会わなかった。

「お会い下さらねば、夜が明けるまでも、ここに立っています」

門番にそう伝えてもらったが、三之丞はついに姿を見せず、かわりに三之丞の母が出てきた。

「迷惑いたします。お引き取り下さい。うけたまわればそなたさまは、三之丞さえ承諾すれば、おそばにあがってもよいと申されたそうな」

日ごろとは別人のような、とりつく島もない切り口上が、ぐさりといちの胸を刺した。いちは、言葉のあやのおそろしさを知らされた。

旬日もせぬうちに、三之丞には、江戸詰めの御沙汰《ごさた》があった。聞けば同時になにがしかの御加増があり、三之丞は唯々《いい》としてそれを頂戴《ちょうだい》したのだという。いちは二重にうちのめされた。三之丞の母に、肺腑《はいふ》をえぐる一言を突きつけられたとき、いちは、それも三之丞の潔癖さがさせたことと、失った珠玉を惜しんだが、事実はそうではなく、しょせんは口実だったのである。

「見そこなったわ」

あんな男のことなど忘れてしまえ、そういってなぐさめてくれた筈の父の平右衛門が、親類の者と話し合っているのを聞いて、いちはさらに傷ついた。

「面倒なことになりはせぬかと、内心はらはらしていたが、まずよかった」

まるで出世のいとぐちをつかんだと、いわんばかりの口ぶりであった。いちはこうして正容に召された。白無垢《しろむく》を泥土《でいど》に投げる思いの、みじめな初夜だった。だがいちは、間もなくかなしい生き甲斐《いがい》を見出した。ややを生もう、何人でも、それも男の子を。こんなつらい思いをするのは、わたし一人でもうたくさん……。

悲しさにいちはなれた。あくる年の秋、正容の出府中に、男の子を生んだ。すなわち容貞である。世子正甫さまに万一のことがあれば、この子がかわってお世継になる。そのときは、わたしは世子の御生母——いちは、夢にもそう考えたことはなかった。わたしはどこまでも日蔭《ひかげ》の花でよい。そして、からだのつづくかぎり、男のややを何人でも生み、それで一生を終わろう。折にふれ自分の胸にたたみこんだ。そうでも思わねば浮かばれなかった。けれども、たった一つのいちの夢は、無残に砕かれてしまった。

この春、会津に帰った正容にすすめられ、熱塩の温泉で一月ほど保養したいちが、若松城のお奥に戻ると、にこやかに迎えてくれる筈の正容の顔が、当惑げにゆがんでいた。かたわらに、見なれぬ若い女の顔がある。いちは、とっさにことを悟った。

「お玉じゃ、仲良ういたせ」

ぬけぬけという正容の言葉が、一気にいちの怒りをあおった。おもてがすうっと青ざめたかと思うと、いちはいきなりお玉におどりかかり、髪をつかんで部屋中を引きずりまわした。

嫉妬ではない。お玉の顔に、悲しみのひとかけらも宿っていないのが口惜しかった。心外だった。着かざったお玉は、晴れ晴れと、得意気《とくいげ》でさえあった。お奥にあがるのがそれほど嬉《うれ》しいのか。ばか、ばか、いちは大粒の涙をしたたらせながら、ひいひい泣きさけぶお玉をこづきまわした。

まわりの女たちは、あまりのいちの凄《すさ》まじさに、とめることもできず、ただおろおろするばかりだった。興ざめた正容が、ぷいとお錠口へいきかけたのを見ると、いちは、力まかせにお玉を突き倒して、狂気のように正容のあとを追い、その胸に武者ぶりついた。口惜しさ、腹だたしさ、あるかぎりの胸のつかえをたたきつけた。よくもお手討ちにあわなかったものだ。正容は、こののち、二度といちを閨に呼ばなかった。

「お殿さまは、しばしばわたくしのことを、まるでお紋の生れ変りじゃ、などと仰せられたそうでございます」

口惜しさを思い出したのだろうか、いちは涙ぐんでいるらしい。与五郎は、いちの

からだをかき寄せて、

「そなたがお紋の方と違うこと、わたしが信じている。それで満足できないのか」

やさしくいった。それが、いっそう切なくいちの胸をかき立てた。

「そなたが殿にあいそづかしをされたおかげで、わたしはよい女房がもらえた」

嗚咽《おえつ》がほとばしって、いちの涙が与五郎の胸をぬらした。いちはきれぎれにいった。

「わたくし、今夜かぎりで、和子《わこ》さまのことをきっぱり忘れまする」

これまで、正容を憎いとは思っても、容貞を忘れることはできなかった。お奥を去るときは、別れを惜しむことさえ許されなかったが、容貞のおもかげは、くっきりと胸に焼きついている。でも、忘れてしまわねば……。いちは自分にいい聞かせた。

三

笹原の家にきて一年半、享保十二年の五月に、いちは女の子を生んだ。与五郎と話し合ってとみと名づけた。

会津若松城へ、世子重五郎正甫の急死を告げる、江戸表からの早馬が着いたのは、その年秋のはじめであった。いくほどもなく、いちの生んだ容貞が、世子に直された。

「いち、喜ぶがよい。容貞さまがお世継ときまったぞ」

ある夕方、いつもよりやや早めに下城してきた与五郎は、着がえながらいちに告げた。ぬぎ捨てた夫の袴《はかま》をたたみかけていたいちの手の動きが、急にとまった。それっきり、いちはうなだれて動かない。どうしたのだと、問いかけて与五郎は、声をのんだ。和子さまのことは、おたがいに口にせぬという約束だった。

「許せ、うかつなことをいうてしもうた」

いちの手が、また動きだした。ほっそりとした白い指である。見ているうちに、与五郎はなぜともなく、つんと胸にしみてくるものを覚えた。

数日後の昼過ぎ、いちはすがに呼ばれた。とみを寝せつけてすぐ姑の部屋にいった。手をつかえるいちへ、じろっと目をくれたすがは、ことさらしくすわり直すと、くそていねいにおじぎをした。

「いちどの、このたびはまことにおめでとう存じました。与五郎どのが教えてくれぬ故《ゆえ》、ごあいさつがおくれて」

「あの、わたくし」

いたたまれぬ思いのいちを、舌なめずりするような目で見ながら、すがはねばねばといった。

「お世継さまの御生母とあっては、これからは、気やすくいちどのとも呼べますまいな。いったいなんとお呼びしたらよかろうかと思って、きていただきました」

「お許し下さいまし。わたくしはもはや、笹原の嫁でございます。和子さまとは、とうからかかわりのない女でございます」

「口先だけならなんとでもいえる。その実、内心では、口惜しがっているのでありましょう。なんで笹原の嫁になどなったかと。もっとも、いわば身から出た錆《さび》、誰を怨《うら》みようもありますまいが」

「怨むなどと……。わたくし、笹原に嫁いで参りましたこと、心から、ありがたいと存じております」

「そちらはありがたくても、こちらはたいそう迷惑でございましたよ。親の身になれば、お世継さまの母御など拝領いたすより、与五郎どのの嫁には、うぶな娘を迎えたいものでございました」

すがのいや味は、とどまるところを知らなかった。いちはただ忍んだ。

「たいていにせぬか」

縁がわの障子があいた。庭からあがってきた伊三郎であった。

「いち、とみが目を覚ましたらしいぞ」

救われたようにいちはさがった。とみはまだすやすやと眠っていた。伊三郎のいたわりだったのである。いちは、平和なとみの寝顔を見つめているうちに、不思議なくらい心がやすらぎなごんだ。どんなにつらくとも辛抱しよう。わたしにはとみという宝がある。そして与五郎どのがある……。

そのとき、いかにもにくていな、すがの高声が聞えてきた。

「三十年つれ添うた女房より、嫁の方があなたはかわいいと見えます。どうせそうでございましょうよ」

それを伊三郎がしきりになだめていた。

奥医師の土屋一庵が、伊三郎をたずねてきて、寝耳に水のことを切り出したのは、数日後のことであった。一庵と伊三郎は、古くからのつき合いと聞かされていたので、いちははじめは気にもとめずにいたが、座敷へ茶を運んでいって、ふといぶかしいものを感じた。一庵の顔が妙にこわばっていたからだ。ふすまをしめてそこを離れかけたとき、一庵の押し殺したような重い声がした。いちは、目がくらみそうになった。

「ご承知のごとく、容貞さまはこのたびお世継となられた。さすればいちどのは、世子の御生母ということになられる。ついては、世子の御生母たるものを、このまま家臣の妻としてうち捨てておくこと、世上の取沙汰もいかがかとあってな」

すみやかに返上させよとの、主君正容の意向で、江戸家老、国家老、一致して賛同したのだと一庵はいう。

「ともかく、ご善処を願いたい。正式の御沙汰を待たず、おてまえがたがいち早く心づいて、お市の方の返上を願い出たという形になれば、それがいちばんよろしかろう」

いちは、息をひそめて立ちつくしていた。伊三郎が、一庵になんと答えるかと、ふるえがとまらなかった。しばらくして、伊三郎の声がした。

「一庵どの、では与五郎へは、御用人から一度お話があったのだな」

「さよう。それをご子息は、にべもなくお断り召された」

「とみという子供もあること故」

「いかにも無理からぬことではある。情としては忍びがたかろう。それは、御用人も御家老も、よくよくおわかりであった。だが、その情を、あくまでも押し通せる武士の世界ではないこと、おてまえもご承知の筈」

父の伊三郎から、今一度与五郎を説得させよ。そういう高橋外記や、家老柳瀬三左衛門の意を含んできた一庵であった。

「無理やり返上させられるのと、われから返上を願い出るのでは、雲泥の相違、そこをよっく御思案召されたい」

いやといっても通りはせぬと、いわんばかりに一庵はたたみかけた。とみの泣き声がしてきた。いらいらしたすがの声もする。あわてて引きさがったいちは、そのあとどんな話になったか知らなかった。一庵が辞去して間もなく、与五郎が戻ってきた。

与五郎は肩衣《かたぎぬ》をぬぎかけて、

「途中で土屋一庵を見かけた。ここへきたのではないのか」

「お見えになりました」

「やはりな」

「わたくし、ありがたいよりも、いっそうらめしゅう存じます」

責めるように、いちは与五郎を見た。

「すまぬ。悪気で隠していたのではない」

そこへ文蔵がふすまをあけた。

「兄者《あにじゃ》、父上がお呼びです」

「よし、すぐいく」

夜になっても、いちは落ちつかず、絶えず不安にとらわれつづけた。今夜にかぎって、ひどくむずかるとみを、ようよう寝せつけたとき、ふすまがあいて与五郎が入ってきた。いちばんおそれていることが、与五郎の口から切り出されるのではないかと、心がしいんと冷えた。そんないちを、与五郎は、あたたかいまなざしで見た。

「いち、心配することはないぞ。わしはもはや隠居の身じゃ、笹原家の当主はあくまでもそなた、思う通りにせい。父上はそう申された。そして、いちは大事にしてやらねばならぬ女だとも……」

いちは胸がいっぱいになった。いつもながらの、老いた伊三郎の慈愛が身にしみた。

「母上はご存じなのでございましょうか」

「まだだ。いずれは耳に入れねばなるまい。しかし、案ずることはないぞ。誰がなんといおうと、そなたをお奥へ戻しはせぬ。この子のためにも」

無心なとみの寝顔がそばにあった。

四

土屋一庵は、あくる日もまたきた。高橋外記や、家老柳瀬三左衛門は顔を出さず、どこまでも土屋一庵を表に立てて、与五郎父子を説得しようとするのは、あくまでも自発的返上という形をとらせるために違いない。

与五郎は一庵に忿懣《ふんまん》をたたきつけた。

「一庵どの、いかに殿でもあまりにもご勝手じゃ。いちは、いちは人形ではない。血が通うておりますぞ」

「いや、いかにもごもっとも。若いおてまえとしてはさもあろう。だが与五郎どの、泣く子と地頭には勝てぬのたとえ。ここはなんにもいわず、いちどのを返上しては下さらぬか。この上意地を通せば、笹原の家もどうなるやはかりがたい」

「かまわぬ。たとえ火の雨が降ろうといちは戻さぬと、御家老や御用人に伝えられい」

「そうでもあろうが、まあまあ」

「ええい、くどいわ。帰れといったら帰らっしゃい」

斬《き》りもかねないいきおいで、与五郎は一庵を追い出した。そのあと、はじめて事情を知ったすがとの間に一悶着《ひともんちゃく》おきた。与五郎はひたむきに母を説いた。

「お願いします。同じ女なら、おわかりでございましょう。もし母上がいちならばどうなされます。仰せごもっともと、とみを捨てておお奥へ戻られますか」

それを耳に入れるようなすがではない。自分のいいぶんばかりを、真っ向からふりかざして、与五郎の胸を揺すぶった。

「与五郎どの、そなたは、笹原の家をとり潰《つぶ》す気かえ。女一人に血迷うて、この笹原の家を亡《ほろ》ぼすつもりかえ」

「場合によってはそれもやむを得ませぬ」

その答えが、さらにすがの怒りに油をそそいだ。文蔵も血相を変えた。

「兄者、笹原の家をつぶしてもかまわぬとは本気でいうのか」

「本気だ」

「なにっ」

「文蔵、聞いてくれい。もしおまえが兄ならどうする。いちを返上するか」

「おう返上するとも。みれんだぞ兄者は」

いきりたつ文蔵を、伊三郎がたしなめた。

「ひかえろ文蔵、与五郎は笹原家の当主じゃ。よかれ悪《あ》しかれ与五郎の意志は尊重せねばならぬ」

「しかし父上」

争いがつづいている間、いちは、とみを抱いて、うす暗い納戸《なんど》の小部屋に、じっとすわっていた。声がしなくなったと思ったとき、背後に人の気配がした。

「いち……」

伊三郎であった。振りかえったいちに、伊三郎はしきりにまばたきしながら、

「辛抱せいよ、いち。負けてはならぬぞ。とみや与五郎がいとしいなら、心を鬼にして、義理など踏みにじってしまうのだ。家をとりつぶしても、守ってやる甲斐のあるそなただと、わしは信じている」

「もったいのうございます」

「だが、まだまだ、これくらいの騒ぎではすむまいの」

伊三郎のいう通りだった。三日後の夕方、笹原の屋敷には、おもだった親類の者が、つぎつぎに集まってきた。その人々は、いちように、顔にたかぶりの色を浮かべ、足音あららかに畳を踏み鳴らして座敷へ通った。その足音が、どかどかと、いちの心の中にまで入りこんだ。

いちは、座敷からいちばん遠い部屋に、息をひそめてすわっていた。そろそろ四ヵ月になるとみは、小さな唇をすこしあけて眠っている。人の気も知らずにと、ふと憎らしかった。

「だいたいそろうたようだな」

「一通り話を聞こう」

そんな声がした。つぎに伊三郎の、ぼそぼそという低い声がした。それがくせの、

ひどくもどかしいまわりくどい口調で、伊三郎はとつとつと語った。それを別の声が消した。かわって与五郎のやや高い声がした。声と声がからまり合って、いちは聞きわけることができなかった。その中から、

「兄者一人の笹原家ではないぞ」

文蔵の声がはっきりひびいてきた。いちはしだいに息苦しくなってきた。まるで針のむしろにすわっている思いである。いち、負けてはならぬぞ。この前、納戸で聞いた伊三郎の言葉に、いちはけんめいにすがった。座敷では相変わらず無数の声が入り乱れている。

ふすまがあいた。

「姉上、きて下さい」

ぶっきら棒にそれだけいうと、くるっと文蔵は背を向けた。後姿ぜんたいが、怒りの表情になっていた。いちが座敷のふすまをあけると、中の顔がいっせいに振り向いた。青い顔もあれば赤い顔もあった。

「お呼びでございましたか」

もとどおりふすまをしめて、手をつかえたいちの頭上から、

「いち、その方の存念を聞こう。その方は、笹原の家をとり潰しても、あくまで与五

郎と添いとげたいか」

と、野太い声が落ちかかった。一門でも、最長老格の笹原監物《けんもつ》であった。いいたいことは、いっぱい胸の中にひしめいていた。それでいて、うまくいえず、いちは言葉を探した。いらだって監物が、

「どうなのだ、いち」

と、強くたたみかけた。それが、いちに固い決意を植えつける結果となったといえる。いちは伏せていた顔をあげ、まっすぐに監物へ向けた。

「添いとげとうございます」

「笹原家をつぶしてもか」

「はい」

顔もそむけずきっぱりいった。そのとき、すががにじり出た。

「いちどの、心にもないことはいわぬものですよ」

「心にもないこと……」

「そうではありませんか。一日も早くお奥へ戻りたいくせに」

「いいえ、そんなことはありません」

「おや、いけずうずうしい。平右衛門どのが御家老さまに、いちをお奥へお引き戻し

下さいと、願い出られていること、知らぬ筈はありますまい」

いちはぎくりとした。ありそうなことだった。すがは勝ち誇ったように、

「それだけではありませぬ。この前は、与五郎どのを、下城の途中に待ち伏せて、いちを返上して下されいと、なんどもお頼みなされたそうな」

嘘《うそ》ではあるまい。それくらい、しかねぬ父の平右衛門であった。

「そなたかわいさに与五郎どのは、ひた隠しに隠していたらしいが、ちゃんと見ていた者があったのですよ。親というものは誰しもわが子がかわいいもの、いちどの、そなたが真実お奥へ戻るのをいやがっているのなら、父の平右衛門どのが、そんなまねをなさる筈がありますまい」

この時ほど、父が憎かったことはない。わが親ながら情けなかった。でも、いちはひるまなかった。

「父は父、わたくしはわたくしでございます。いちは死んでもお奥へは戻りませぬ。どうぞみなさまがた、この旨、御家老さま、御用人さまにおとりなし下さいまし」

「ばかな、それができるくらいなら、とうの昔にそうしておる」

監物はどなり声を出した。

「いち、かさねていう。その方、あくまで与五郎と添いとげたいというのじゃな。笹

原の家はどうなろうともよいのじゃな。いや、笹原の家のみではない、親類一同にも、お咎《とが》めがあるは必定。それでもかまわぬとその方はいうのじゃな」

「いたしかたございませぬ」

いちは真っ青な顔で答えた。

「わかった。これほどいうものを、とめだてしてもはじまるまい。気の向いたようにしてもらおう。すがどのもあきらめなされ。与五郎がこんな女に見こまれたも因果じゃ」

ずけずけという監物に、誰かがすぐさま応じた。

「まったくとんだ清姫よの。この執念ならば、いつぞや殿のおん胸に、武者ぶりついたも道理よ」

「一同引きあげよう」

「与五郎、もはや遠慮はいらぬぞ。笹原の家見事にとり潰してくれい。われらも巻き添えくう覚悟、しかと定めておく」

どやどやと立ちあがった。すがも文蔵も別間にさがり、最後に、伊三郎と、与五郎と、いちが残った。与五郎は、長い間首をたれていた。一言も口をきかぬ。やがて与五郎は、おもてをあげた。まるで、血のしたたるような目になっていた。

「いち、すまぬ、お奥へ戻ってくれい」

大きく見はった与五郎の目から、音をたてそうな感じで涙が落ちるのを、いちは放心したように見つめていた。怒りも悲しみも、不思議と覚えない。こうなるのがほんとうだった。わたしたちは、それを遠まわりしただけ——そんな気がした。いちが、ゆっくりとうなずきかけたとき、

「なにをばかな。与五郎、いまさらなにをいう。笹原の家がなんじゃ。親類の迷惑がなんじゃ。それとも与五郎、そなたは今になって、三百石が惜しいのか」

激して伊三郎がいった。与五郎が、ものごころついてこのかた、はじめてみるはげしさだった。

「与五郎、いち、よく聞け。わしは、おまえたちが承知の通りぐずな人間だ。若いころから、養子にいくために生れてきたような男などといわれ、事実二十六のとき、この笹原家の養子となった。そして、一生女房の尻《しり》にしかれてきた。そのようなぐずのわしが、一生一度の意地だてをする気になったのは、いったいなんのためじゃ」

「父上」

「いえ、与五郎。どんなことがあっても、いちを放さぬと誓え」

五

五、六日、なにごともなく過ぎた。その日与五郎は出仕し、伊三郎も、所用あって昼から他出した。帰りは偶然いっしょになった。屋敷に戻ってみると、とみが火のついたように泣いている。それを文蔵が、しきりにあやしているところだった。

「いちはどうした」

「はあ……」

なにかいおうとして、文蔵は口ごもった。用意していた筈の返事が、けし飛んでしまった。

「どうしたというのだ」

火のような与五郎の目に押されて、とみを抱いたまま、文蔵はあとへさがった。顔色の変わっているのが、自分でもわかる。まともに与五郎の目を見ることができなかった。

「貴様、はかったな」

与五郎はこぶしを握りしめた。いちはすでに、笹原の屋敷にはいなかった。

「卑怯《ひきょう》でございます」

いちの顔色は蠟色《ろういろ》にかわっていた。二ノ丸そとにある、家老柳瀬三左衛門の屋敷の奥座敷である。家老柳瀬三左衛門、主命によって会津へ戻ってきているお側用人高橋外記、それに笹原監物が、いちを、三方からかこむようにすわっていた。

昼過ぎ、伊三郎が出かけて半刻《とき》ほどしたころ、玄関に人の訪《おとの》う気配がした。文蔵が出ていって、すぐまた引きかえしてきた。

「姉上、お支度なさって下さい。兄上からの迎えです。御家老が、おたずねなさりたいことがあるそうです」

夫の与五郎も、柳瀬三左衛門の屋敷で待っているという。いちはしばらくためらった。

「どうなさいました」

「とみをどういたしましょう」

「起きているのですか」

「いいえ、さっき寝せつけたばかりです。お乳はたっぷりやっているのですけれど」

「だったら、大丈夫でしょう。目をさましたら、わたしがうまくあやします」

いちは着物を着がえたが、やはりなんとなく心もとない。文蔵が笑っていった。

「兄上がいるのですよ。姉上、この前の意気で、御家老にも、はっきり覚悟をおっしゃることですな」

兄上一人の笹原家ではないぞと、一度ははげしくってかかった文蔵だったが、このところどうしてか、いちにやさしかった。そのことで、すがと口争いすることさえあった。いちはやっと決心がついて、すがのところへいき、

「御家老さまのお屋敷まで、出かけて参ります」

とあいさつしたが、すがは、じろっと目をくれただけで、ろくに返事もしなかった。ほとほとあきれた風に文蔵が苦笑した。

「相変わらず困った母上だ。気にしないことです。なに、あと二、三年の辛抱、そのうちぽっくりいきます」

いちははかられた。すべてはなれ合いだったのだ。家老柳瀬三左衛門の屋敷に与五郎はいなかった。

「許せいち、こうする以外なかったのじゃ」

しきりになだめる監物を、いちはさげすみの目で見ていたが、

「わたくし、戻らせて頂きます」

すっと立ちあがった。膝《ひざ》でにじり動いて、監物はいちの前をさえぎった。柳瀬三左

衛門がひややかにいった。

「いや、たってもとあらば、戻られてもよろしい。ただし、与五郎を、腹切るはめに追いやること、覚悟の上ならばだ」

いちはくらくらと目まいがした。無数の網の目が、身をからめているのがわかった。

「いちどの、悪いことはいわぬ。素直にお奥へ戻られよ」

「監物からもこの通り頼む。そなたが、なにもいわず奥へ戻ってくれれば、御家老も、これまでのこと、一切、不問にいたそうと申されておる」

いちは崩れるようにすわった。どの道のがれるすべはない。わたし一人がいけにえになれば、すべてはまるくおさまる……。監物はさらに説いた。

「そなたも知っての通り、殿の御内意が伝えられてもはや久しい。本来ならば、笹原家はすでに、重きお咎めをこうむっていてしかるべきところだ。それを今日まで、いかにしても笹原家へ疵《きず》をつけまいとおはかり下された、御家老、御用人のお情け、あだに思うてはならぬ」

お情けなものか——いちは、腹の中で冷笑した。でもいまさらどうなるものでもない。いちの胸にようやく覚悟がおさまった。

「御家老さま、仰せにしたがって、お奥に戻らせていただきます」

「かたじけない。よく聞きわけて下された」

「ただ、せめてものお願いには、あと三日ほどの御猶予《ごゆうよ》を」

「いや、それはなりませぬ。これより、ただちにお奥へ戻っていただきましょう。お召物その他の用意は、すでに一切申しつけてあります」

さすがに無残と思わぬではないが、一日でも屋敷へ戻せば、またどう気がかわらぬとも知れないし、与五郎の一本気も心配された。

夜が更《ふ》けた。

とみは、なにも知らず、すやすやと眠っている。枕《まくら》もとで与五郎は、

「とみ、おまえはばかだぞ。他人の乳に満足して眠るなど……」

ぽつんともらした。

「御家老さまのお申しつけにて参りました」

日の暮れがた、ひもじさに泣きつづけるとみを抱いて、とほうにくれているところへ、若い女がたずねてきた。これから毎日、時刻を定めて通ってくるという。頼まぬと追いかえそうと思ったが、とみの泣き声に、つい負けてしまった。

「とみ、おまえはばかだぞ」

ふすまの外に立ちつくして、伊三郎は、くすんとはなをすすった。

六

あくる日から、病気の届けを出して、与五郎は出仕をやすんだ。七日ほどして、笹原監物がやってきた。すぐ座敷に通して、与五郎は額を畳にすりつけた。

「先ごろからのお骨折りのかずかず、まことにかたじけのう存じました」

思うさま皮肉をこめた。監物は、ひどく間の悪そうな顔をして口ごもりながら、

「一本気なそなたのこととて、御家老のお屋敷へ、押しかけはしまいかとそれのみ案じておったが、よくこらえてくれた。神妙の至りと、御家老も深く感じておられる」

ついてはと、一膝乗り出して、

「今日参ったのはほかでもない。実は、いちの返上願いを書いてもらいたいのだ。御家老がたの仰せでの」

返上願いを出せば、いくほどもなくお許しがおりる。その上であらためて、返上届けを呈出する。それだけの手数を一応踏んでもらいたいというのであった。

与五郎は腹にすえかねた。

「お断りいたします。てまえは、いちを返上した覚えはございませぬ。ことはすべて、

あなたさまと文蔵とで、おはからいなされました筈《はず》」

「なにをいう。それも、笹原家のためを思ってしたことだ。あの場合、ああするよりほかはなかった」

「ともかく、てまえはお断りいたします」

「与五郎、そなた、せっかくのいちの志を無にする気か」

「いちの志……」

かっと、与五郎の目が燃えた。ぬけぬけとよくもいえるものである。監物の口を引き裂いてやりたかった。

「てまえが返上願いなど書けば、いちはかえってなげきましょう。なにもおっしゃらずお引き取り願います」

「でもあろうが」

押し問答がつづいたが、与五郎は、最後にとうとう折れた。いや、まことは折れたのではない。腹に一物《いちもつ》あったのだ。数日後与五郎は、城中の用部屋におもむいた。家老柳瀬三左衛門は、きげんよく迎えてくれた。

「よくきた。病気だと聞いておったが、もうよかったのか」

「おかげをもちまして」

「で、今日は」

「これを——」

と、与五郎は、ふところから一通の書面をとり出して三左衛門の前においた。

「おう、返上願いを書いてくれたか」

無言で与五郎は平伏した。おもむろに書面をひろげた三左衛門は、たちまち満面を朱に染めた。

「ばかめ、血迷いおって」

与五郎がさし出したものは、返上願いではなく、いちをすみやかに戻していただきたいという、嘆願状であった。

「御家老、与五郎決して血迷ってなどおりませんぞ。てまえ、返上願いは絶対に書きませせぬ。あるいはこんご、てまえ名義をもって、返上願いをさし出すものがあるやも知れませぬが、それは偽筆と御承知おき願います。右念のため、御免」

いうだけのことをいい終ると、与五郎はすっと立ちあがった。後刻、ことのなりゆきを知った、監物はじめ一門の者は、愕然《がくぜん》となった。一切は水泡に帰したのである。

——見たか。

ひとり、伊三郎、与五郎父子のみが、心中に快をさけんだ。おろかと呼ばれてもよい。卑小な意地と笑われてもよい、それが父子にとって、ただ一つの、いちへの心づくしであった。

このいきさつは、ただちに江戸の正容へ報じられた。そして、この年――享保十二年十二月、笹原伊三郎、与五郎父子に対して、知行召《ちぎよう》しあげ、永押込めの御沙汰があった。親類一同も、閉門、お叱《しか》り、その他、それぞれにお咎めがあったが、ただ、文蔵に対してのみは、

――父兄を諫《いさ》めて、君命に従がわしめんと尽瘁《じんすい》せし段、奇特の振舞。

とあって、四人扶持《ぶち》が下されることになった。

とみに乳をのませに通ってくる女は、名をきよといった。生まれて間もない子供をなくしたという、足軽の女房で、めずらしく淳朴《じゅんぼく》な女であった。伊三郎と与五郎が、永押込めに処せられて近く城下を去ることがわかると、

「とみさまのこと、御心配には及びませぬ」

と、真情をおもてにあらわしていってくれた。すがは、別れるが別れるまで、おまえさまがたのなされたこと、死んでも忘れはしませぬと呪詛《じゅそ》の言葉を吐きつづけた。文蔵の目にも憎悪《ぞうお》がみなぎっていた。その文蔵をひややかに見て、伊三郎はいった。

「父兄を諫めて、君命に従がわしめんと尽瘁せし段、奇特の振舞か。――文蔵、よっ

く覚えておけ、そなたの忠節の値うちは、ただの四人扶持じゃということを」

十二月もなかばの、小雨そぼ降るうら寒い一日、伊三郎と与五郎は、住みなれた屋敷をあとに、会津若松の城外、長原村の押込め所へ送られていった。

七

お奥へ引き戻されたいちは、名を美崎《みさき》とあらためさせられた。老女並として、十人扶持を頂くことになったが、世子容貞の御生母としての扱いにはならなかった。正容が許さなかったのである。

容貞は四歳になっていた。広縁やお庭で、容貞の姿を見ることは再三あった。容貞が、顔を覚えて、ときどき、

「美崎」

と呼ぶことがある。そんなときも、老女美崎として答えねばならなかった。もっとも、そのことで、怨《うら》みごとをもらすような美崎でもないのだった。

とみと引き離されて、美崎の乳房はうずいた。日に三度か四度は、乳を搾《しぼ》り捨てねばならない。捨てても捨てても、乳房はたちまち張りつめる。乳房の痛みは、そのま

ま美崎の心の痛みであった。やがて美崎は、乳を捨てることをやめた。何日か、苦しい思いをしたが、しだいに乳房の痛みになれ、痛みはうすれ、いつか乳が干あがって、こちんとする固い乳房に戻った。不意に涙があふれた。

あくる享保十三年三月、世子容貞が出府した。将軍家へお目見《めみえ》のためである。当然江戸への供に加えられるべき美崎は、正容の意向によって、またしても選にもれた。五歳の春を迎えて江戸へ発《た》つ容貞の、りりしい晴れ姿を、美崎は、遠く離れて見送りしただけであった。

永押込めに処せられて、一歩も外へ出ることを許されぬ笹原父子にとっては、四里とは離れていない、会津若松の城下のうわさを知ることさえ、ままにならなかった。ただわずかに、押込め所の番を仰せつかっている、足軽苅谷伴作の、重い口がひらくのを待つばかりである。

無口な上に、顔のつくりがいかつく、からだつきも頑丈な伴作は、ちょっと見にはひどくとっつきにくいが、なれるとかえって実があった。ほんのときたまだが伴作は、聞かれもしないのに、とつとつとした口ぶりで、城下のできごとを語ってくれる。美崎の消息も伴作から聞いた。与五郎は歯ぎしりした。

「こんな話があるか。――父上、いちが、いちがあわれでございますなあ」

「まことだ。御生母としての扱いもせぬ。江戸への供にも加えぬ。あまりにも人を踏みつけにしたいたしかた」

「こんなことなら、なにもいちを、無理にお奥へ引き戻すことはなかった筈……」

父と子は、同じことを、なんどもくりかえした。いわずにはおれなかった。そうするうちにもいくどか年があらたまった。

享保十六年、すなわち美崎が二十四歳の九月に、彼女の運命を狂わせた松平正容が死去した。美崎がおびただしい血を喀《は》いて倒れ、奥づとめを引いたのも、ちょうどそのころであった。そして、同じ年の十二月、八歳の容貞が、正容のあとを襲い、会津若松二十三万石の主《あるじ》となった。

笹原父子は、依然として永押込めを解かれぬまま、享保十七年の正月を迎えた。与五郎は、三年近く寝たきりであった。小雪のちらつきはじめた一月末のある夕方、見るかげもなく痩《や》せほそったからだを、こころもちおこすようにして、与五郎はぽつんといった。

「父上、いちの病いが重いそうでございますな」

「知っておったのか、そなた」

六十に手のとどいた伊三郎は、しきりに目をしばたたいた。ふと気がつくと、与五郎の目がかすかにうるんでいる。

「このごろ、幼いとみのことよりも、いちのことばかり思い出してなりません。みれん、お笑い下さい」

「みれんだなどと、わしがいついった」

与五郎は、老父の顔に、怒りにも似たものを見出した。

「いまさらみれんなどと、そなたを笑うつもりなら、わしは笹原の家を潰しはせぬ」

伊三郎は、くすんとはなをすすって、与五郎の血の気のない顔をじっと見つめた。くぼんだ目、削《そ》げ落ちた頰、長くないことが一目でわかる。美崎と同じ胸であった。生まれつきそう丈夫でなかった与五郎にとって、じめじめした暗い部屋に閉じこもったきりの、永押込めの生活は、死神を待っているのにひとしかった。

「父上、いちのもとへ、江戸からお医師がつかわされたというのは、ほんとうでございましょうか」

「まことじゃ。森喜内どのと申されるそうな」

伊三郎は与五郎からおもてをそむけて、

「日ごろは捨ておいたにしても、美崎さまが容貞さまの御生母にあらせられるは、まぎれもないこと、ご重態とあっては、御家老がたも放ってはおけまい」

「美崎さまか……」

与五郎の唇からため息がもれた。もう別れて四年余になる。思えばつれ添って二年そこそこ、つかの間の夫婦であった。

「いち……」

与五郎のおもてに、ほんのり紅がさした。いちをいつくしんだ夜の記憶が、なまなましくよみがえって、一瞬、遠花火のように与五郎の胸をいろどった。

外は、雪が降りしきっていた。

八

会津盆地に、ようやくおそい春が満ちはじめた。だが、山かげの、日あたりの悪い、長原村の押込め所近くには、冬が残っていた。それでも、藪《やぶ》かげでは、ときどき鶯《うぐいす》の声がした。

「父上、とみが苦労しておりましょうなあ」

寝たまま与五郎は、老父の顔を見あげて嘆息した。とみも今は六歳の筈である。すがと文蔵は、お城下の一隅に居をいとなみ、文蔵のいただく四人扶持に頼って、ほそぼそとくらしており、とみもいっしょだという。いちと与五郎父子を怨んで、離散以来、ただ一度も、押込め所をたずねてくれたこともないすがが、とみにどんな仕打ちをしているか目に見えた。

お医師森喜内が、思いがけなく長原村にやってきたのは、春が老いて、盆地をとりまいている野山が、くまなく新緑におおいつくされたある日であった。

伴作が、牢《ろう》の入口をあけると、喜内はそこから背をかがめて中へ入ってきた。そして、相変わらず寝たきりの与五郎の枕もとにすわると、静かにきり出した。

「美崎さまがなくなられました」

江戸家老の命を受けた森喜内が、会津若松の城下についたのは、四囲雪につつまれた、正月七日の日暮れであった。あくる日、喜内は、家老柳瀬三左衛門にともなわれて、塩見平右衛門の屋敷におもむいた。二人は、上にあがって、しばらく待たされた。奥の方で、争い声らしいものが聞えた。

「お待たせいたしました。どうぞこちらへ」

ほどなく平右衛門が戻ってきて、二人を病間へ案内した。美崎は、床の上に起きあがって、きちんとすわっていた。さっきは、そのことで父と争ったものらしい。

「かまわぬ。やすんでいられよ」

柳瀬三左衛門がすすめたが、美崎は首を横に振った。おもてが透き通るように青い。かなり弱っているのがわかった。

「こちらは、江戸屋敷からつかわされた、お医師森喜内どの。こんごは、この仁があなたの病いのお世話をいたします」

三左衛門が喜内を引き合わせたが、美崎はしらじらしい表情で口をつぐんでいる。

「早よう、お礼を申さぬか」

にじり寄る平右衛門に、ちらとつめたい目をやってから、美崎は切り口上で述べた。

「思召《おぼしめ》しはかたじけのう存じますが、この儀ご辞退つかまつります」

「な、なにをいう」

あわてる平右衛門には目もくれず、

「わたくしは、老女美崎でございます。国もとの老女の病いに際して、江戸からお医師をつかわされたためし、いまだかつて、うけたまわったことございませぬ」

「美崎どの」

三左衛門の声がとがった。美崎が、無理に床の上に起きあがっていた理由が、ようやく読めた。

「美崎どの、容貞さまは、おん年わずか九歳ながら、すでに会津二十三万石の御あるじにございます。あなたさまはその御生母」

「わたくし、これまで、いつ御生母としてのお扱いを受けたでございましょうか」

「いや、それにはいろいろと……」

「わたくしは、ずっと、老女美崎として遇せられて参りました」

堰《せき》を切ったように美崎はいった。笹原家を去って、若松城のお奥に戻ってこの方の、一つ一つが一度に胸にこみあげてくる。広縁やお庭に容貞を見かけても、母としてものいうことも許されなかったつれない扱い、容貞五歳の春、将軍家へお目見のため出府の際も、供に加えられなかったこと……。

「御家老さま、とはいえわたくしは、決して怨みごとを申しているのではございませぬ。いいえ、かえって満足でございました。笹原与五郎の妻にさげ渡されてこのかた、わたくしは、もはや和子さまとは、なんのかかわりもない女、そう思い定めていたのでございます。お奥へ戻れと仰せられたときも、それゆえ命がけでこばみ申しました」

しかし、三左衛門は、明らかに怨みごとととったらしい。顔色がかわった。

「無礼でございますぞ」

美崎はひるまず、ひたと見かえして、

「どうぞ、お引き取り願います」

と、一歩も譲ろうとはしない。見かねた喜内が、

「まああ、ここは僭越《せんえつ》ながら、てまえにおまかせ下さい」

と、おだやかにとめ、さまざまにいいなだめて、まず三左衛門を別室にさがらせた。

「美崎さま、事情はうすうす伺っております。あなたさまのお気持もよくわかります。でも、てまえとしても、このまま江戸へ戻るわけにも参りません。ともかく御病気のお世話をさせて頂くこと、なにとぞお許し願えませぬか。そのかわりてまえも、御家老がたに命ぜられたのではなく、ただ一介の医師としてつとめるつもりでございます」

口先だけではない喜内の真情を、美崎は信じたらしい。長い間黙っていた末に、ようやくうなずいた。

「その後美崎さまは、てまえの申すこと、よく聞いて下さいました。てまえが立てて進ぜる薬湯は、しずくもあまさず召して下されました」

喜内は語りつづけた。

一月、二月とするうちに、美崎は身の上などもつつまず語った。喜内の聞いたところでは、美崎は絶えずとみの上に気を配り、季節季節のかわり目には、文蔵の住居へ、

人を頼んで、衣類や金子を欠かさず届けたが、それは、ひとりとみのものだけでなく、伊三郎、与五郎、すがや文蔵の分まで、忘れず添えてあったという。それを、すがは一言も知らせてはくれなかった。

喜内はなおも語る。

「それほどの美崎さまが、四年余の間、どうしてか、一度もあなたさまがたの、御赦免を願い出られたことがないらしいのに、いつとなくてまえは気がつきました」

気分のいいときを見はからって、ある日、それとなくただすと、美崎は、寂しい微笑をただよわせて、

「その気持、おわかりになりませぬか」

と反問した。

なるほど、その気になりさえすれば、伊三郎父子の永押込めを許してもらうことは、さほど難事ではなかっただろう。親しいお女中衆の中には、

「悪いことは申しませぬ。どうぞそうなさいまし」

親身にすすめてくれるものが、何人もあった。ことに去年の暮れ、自分の生んだ容貞が、会津第四代の藩主として襲封した慶事は、お慈悲を願い出る絶好の機会であった。さすがに迷った。

「しかし、わたしはそれをしませんでした。依怙地《いこじ》に過ぎるかもしれません。こんなわたしを、与五郎どのやお舅《しゅうと》さまは、お腹だちなさるかもわかりません。でも、わたくしは、どうしても容貞さまの御生母ということを、持ち出したくなかったのでございます。容貞さまとは、なんのかかわりもない女、それで一生を貫きたかったのでございます。女の幸せを踏みにじったものへ、せめてはかない意地を立て通したかったのでございます」

青い顔に、かすかに紅がさしていた。そのときの美崎のおもざしを、喜内は、世にも美しいものに見た。それから、二月とはせぬうちに、美崎の命の火は燃えつきた。すなわち三日前である。

「美崎さまの形見にございます」

森喜内は、ふところから、一握りの黒髪をとり出して与五郎の手に握らせると、

「美崎さまは、すでにご自分の運命を、ご承知のていに見受けられました」

伊三郎は、はじめそれがなにを意味するか悟りかねていたが、ややあって、うっとうめき、おもてに暗いかげをにじませた。与五郎は、父よりも早く気がついていたようであった。

森喜内はゆっくりうなずいた。

「さようでございます。美崎さまの死が、江戸の上屋敷へ達すれば、容貞君は、ただちに喪に服されましょう」

伊三郎は、かたくこぶしを握って、なにかをいおうとしたが、黙って目をとじている与五郎に気がつくと、口をつぐんだ。陽が傾いたらしい。ただささえ暗い牢内が、いっそう光をせばめた。牢格子《ろうごうし》の外には、苅谷伴作がじっとうずくまっていた。

笊《ざる》ノ目《め》万兵衛門外へ

山田風太郎

山田風太郎（やまだ・ふうたろう）

一九二二年、兵庫県生れ。東京医科大学卒業。四七年「達磨峠の事件」でデビュー。四九年「眼中の悪魔」「虚像淫楽《いんらく》」で第二回探偵作家クラブ賞短編賞を受賞。代表作に『甲賀忍法帖』を始めとした忍法帖シリーズなどがある。二〇〇一年死去。

一

「雪の日やあれも人の子樽《たる》拾い」

だれでも知っているこの句の作者を、読者は御存知であろうか。それは市井《しせい》の俳人ではなくて、吉宗時代の老中で磐城平《いわきたいら》五万石の大名、安藤対馬守信友《つしまのかみのぶとも》という人である。

それから数代を経て幕末に、やはり老中となった安藤対馬守信正《のぶまさ》が出た。井伊大老の後継者となった人物である。二年後、坂下門外で浪士のむれに襲撃されて傷つくまでのあいだ、彼は外は諸外国の傲慢《ごうまん》な威嚇《いかく》と、内は水戸の狂思想集団とに対し、あるいは慰撫《いぶ》し、あるいは毅然《きぜん》として立ちむかい、当時の首相としてその処置まずほかに法がなかったと認められるばかりか、のちの小栗上野介《おぐりこうずけのすけ》の硬、勝安房守《かつあわのかみ》の柔をかねそなえ、資質的にはこれを合わせたような一個の傑物ではなかったかと思われる。

坂下門外で、六、七人の刺客《しかく》群に襲われたとき、彼はみずから駕籠《かご》の戸をあけて、

「狼藉者《ろうぜきもの》を取押えよ」と指揮し、これをみな殺しにした。帰邸後、供方の防禦《ぼうぎょ》をねぎ

らったのち、「余も背中をやられたようだ」と苦笑していったので、家臣が驚いて衣服を解かせ、はじめて背中一面、淋漓《りんり》たる鮮血に染まっていることを発見した。刺客の一人が真一文字にその駕籠に一刀を突きこんだのを、背当の板蒲団《ぶとん》がわずかに切尖《きっさき》をそらせたのである。

しかし、決して致命傷ではなかったのに、幕府は薩摩の強要によって愚かにも彼を罷免《ひめん》した。これによって幕府はみずから外国の艦隊からの砲撃や内部における叛乱《はんらん》、暗殺などのめちゃくちゃな時代を呼び、一挙に瓦解《がかい》の急潮に乗ることになる。そして結果的に見れば水戸の狂思想集団が目的を達したのである。

そのために、水戸浪士の「義挙」によって政治的に葬《ほうむ》られたこの安藤対馬守は、あるいは天下の奸物《かんぶつ》とされ、あるいは歴史の上からしばしば黙殺にひとしい待遇を受けることになったが、外に対してはあえて世論に反する開国をもってし、内に向っては流血のない公武合体による体制の秩序を維持しようとして、肝脳をささげつくした彼は、徳川最後の骨のある宰相《さいしょう》として、現代によみがえらせても自分の信念と政策の正当性を主張するであろう。

四十一歳で井伊大老の後継者となっただけあって、彼は若いころから有能な人物だとだれからも目されていた。三十三で彼は寺社奉行を勤めている。そういえば、徳川の初代の寺社奉行が安藤家の祖先の右京進重長《うきょうのしんしげなが》という家柄でもあった。

このとき芝増上寺の女犯僧《にょぼん》事件が起った。増上寺の僧にして吉原に出入するものがあったのを捕え、またその敵娼《あいかた》となった花魁《おいらん》数名をお白州《しらす》に呼び出して、彼自身とり調べた。

増上寺はいうまでもなく将軍家菩提寺《ぼだいじ》だ。そのスキャンダルをあばくことについて、上から大圧力のかかって来たことはいうまでもない。かつまたこんな場合、花魁は、相手は医者だと思っていたととぼけるのが常例となっている。しかるにこのときの対馬守の花魁への調べかたが実に春風のようにやさしくて、花魁はついほだされて、とうてい嘘《うそ》はついていられないような気持になって、ほんとうのところを白状した。対馬守は厳然として、破戒僧に遠島《えんとう》という重罪を科し、遊女のほうはなんの咎《とが》めもなく吉原にかえした。

この刑が重過ぎる、と不平をもらした増上寺に、対馬守はにっと笑って、ここ数年来増上寺の内部でひそかに行われていた、賭博《とばく》の実状をたなごころを指すがごとく述べて、坊主《ぼうず》たちを戦慄《せんりつ》させ、沈黙させた。――ために、当時、

「猪《しし》の怒《いか》り毛《げ》は貂《てん》の皮よりこわい」

と、巷間《こうかん》にうたわれた。貂の皮は、天保《てんぽう》時代破戒僧どもを一網打尽にして、「また

出たと坊主びっくり貂の皮」と落首された名寺社奉行脇坂淡路守《わきさかあわじのかみ》の行列の槍鞘《やりざや》であり、猪の怒り毛は安藤家の槍鞘であったためだ。

さて、彼がこれほど腕をふるい得たのは、当時配下に一人のすぐれたアシスタントがいたからである。正しくいえば、配下ではない。その男は、町奉行所同心であったから。

寺社奉行というのはいうまでもなく、僧侶《そうりょ》や神官及び寺社領の人民を治めるのが役目だが、徳川期、江戸では寺社領がだいたい町人地と同じ面積があった。しかし、時代とともに町人地は寺社領にくいこんで来て、いわゆる門前町の発達はもとより、境内で商売や興行をしているものが多くなった。

で、こんな場所で支配を町奉行に移管したところも多いが、なお法的には寺社領でその取締りは町奉行所の助けをかりなければならないところが少なくない。それに寺社奉行は大名が任ぜられることになっており、旗本出身の町奉行より格は上だが、役人はその大名の家来ということになっており、その点、江戸のはじめから町や寺に詳しい町奉行所の、代々世襲の与力同心の知識をかりたほうがはるかに好都合である。

その縄張り意識にうるさい寺社奉行はむろん多かったが、実効を主眼とする安藤対馬守にこだわりはなかった。彼はすすんで町奉行所に援助を求めた。そしてついに自分の片腕とするまで頼んだのが、町奉行所同心の笊《ざる》ノ目《め》万兵衛という男であった。

その職務上の腕もさることながら、対馬守はその男の人物と覚悟が気にいった。

二

右の女犯僧事件などは寺社奉行に対する協力だが、むろん笊ノ目万兵衛の手柄の大半は本来の町奉行所関係に属する事件である。

彼がどんな同心であったかを如実《にょじつ》に物語る例を二、三あげてみよう。

対馬守が彼を知ってから――つまり嘉永《かえい》四年六月寺社奉行になってから、それをやめた安政五年八月まで約満七年になるが、その七年のあいだに、ペルリをはじめとする黒船渡来からいわゆる安政の大地震、そしてまた攘夷《じょうい》の嵐《あらし》が吹きすさみかけている。意識している者がどれだけあったかは別として、徳川の大地はゆらぎ出していた。少なくとも寺社奉行や町奉行は、政局を左右する重要人物に対して、あるいは陰湿な、あるいは荒っぽい、要するに大それた凶手が動き出している徴候をいくどかつかんだ。

それが未然にふせがれ、実行に移されなかったかげには、ほとんど笊ノ目万兵衛の働きがあったといっていい。

風の強い夜、阿部閣老の屋敷の風上に火をはなって、その騒ぎに乗じて阿部邸を襲撃しようと計画した連中がある。事前に探知して、万兵衛は彼らを逮捕した。六人の浪士であった。

水戸の老侯が某寺に参詣《さんけい》することになったとき、前夜にその寺の井戸に毒を投げ込んだ僧があった。毒というより、その年に小流行したコロリの死者の吐いたものを投げ込んだのだが、これもその朝のうちに万兵衛が捕えた。

それからまた下田に来たオロシャの使者に、狂人の刺客三人を送ろうとしたのを、これまた事前に彼がとり押えた。

これらの事件にはむろんことごとくその背後に指嗾《しそう》者があったのだが、当時の閣老阿部伊勢守は、なぜかその背後関係の公表はおろか追及すら禁じた。直接の犯行者のみを処罰するだけにとどめよ、と命じたのだ。――穏健派の彼は、病みかけた体制に外科的手術を加えることは、かえって大変なことになると看破していたのであった。

「では、その仕置は、私にまかせて下されまするか」

と、殊勲者の万兵衛は、時の町奉行池田播磨守《はりまのかみ》にうかがいを立てた。

もともと阿部閣老の優柔不断ともいえる方針に不服の池田は、それはかまわぬ、といった。許可を得た万兵衛は、犯行者たちに恐ろしい刑罰を加えた。

六人の放火計画者たちを縛り、六頭の馬に綱を結んで、黒幕と目される某大藩の江戸屋敷の門前まで往来を駈《か》けさせたのである。もとより彼らはみな転び、地面をひきずられ、馬がとまったときそのすべては体積も三分の二くらいになったズタズタの肉塊と化していた。

それからまた、井戸にコロリの吐瀉物《としゃぶつ》を投げこんだ坊主には、コロリ患者の糞《くそ》を食わせた。悲鳴をあげ、死物狂いに抵抗するのを口をこじあけて詰めこんだ。むろん、数日後、坊主は悶死《もんし》した。

報告をきいた安藤対馬守は、万兵衛に逢《あ》ったときいた。

「やったそうだな」

「は」

万兵衛は自若としていた。

「おまえがなあ」

「拙者《せっしゃ》だからやったのです。……風の夜に放火すればどういうことになるか。縁なき人々で死人も出ましょう。井戸に病毒を投げ入れることも同断でございます。好きな悪行、というものはござりませぬが、なかにもかかる悪行甚《はなは》だ気にくいませぬ」

円満にさえ見えるその顔に、身ぶるいするような怒りの血がさした。

対馬守が、おまえがなあ、といったのは、実はこの万兵衛という男は、犯罪者を捕える腕はすばらしく、取調べも峻烈《しゅんれつ》だが、罪案決定に際し、たいてい情状酌量《しゃくりょう》の意見書を添付し、罰の寛大を求めることが多いときいていたからであった。

げんに、右にあげた例の一つ、数人の刺客をそそのかしてオロシャ人を襲わせようとした事件でも――計画者がよく集めたものと思われるが、その三人はいずれもいちじは剣客仲間では知られた男たちであったが、これを探知した万兵衛は、刀を捨ててふところ手で、彼らのところへぶらりと近づいていったそうだ。そしてきちがいたちと小半刻《こはんとき》も話しこんだのち、突如捕縄をたぐり出して三人ともひっくくってしまったそうだが、さてそのあと、彼はこの三人の狂剣客を処刑することには反対し、それぞれ身寄りの者を探し出してこれに預けるという処置で事をすませた。

こういう処分には反対の池田播磨守に、

「彼らを操った向きをひきずり出して誅戮《ちゅうりく》することをお許し下さるならば、彼らを島流しくらいにはしてもよろしゅうござりまするが」

と、万兵衛は眼をぎょろりとさせていったという。奉行はうっと息をのんだ。そのことはさらに上層部から、不問に付すように命令されていたからである。

「きちがいに罪はござらぬ。……万一、彼らが今後なお罪を犯しますれば、拙者が責任をとります」

こうまでいわれては、奉行所にかけがえのない名同心だけに、奉行もそれ以上いい張ることも出来なかった。

そういうわけで対馬守が笊ノ目万兵衛のことを調べるともなく調べてみると、彼は、貧しい男やかよわい女の犯した罪は極力大目に見ようとしている。一方で、彼らを利用したり、罪のない人間までまきこむことを辞さない犯罪者には、断乎《だんこ》として厳刑を科する。その区別が実に単純で明快であった。

寺社奉行の対馬守にとっては、むろん直接の部下ではなかったが、この男を知ってから、彼をまたなく頼もしいものに思い、何かといえばその助力を求め、ときには町奉行と奪い合いになりかねないときすらあった。

事件に対しての助力ばかりではない。対馬守はこの笊ノ目万兵衛という男そのものが気にいった。それで、しばしば自分の屋敷にも呼んで、よく話をした。

万兵衛は、対馬守と同年輩であった。背はやや低い方だが、ころころとよくふとり、筆の穂みたいな下り眉《まゆ》の下に、円満というより実に清朗な眼を持っていた。顔全体にはどこかユーモラスな感じさえあった。口数は少なかったが、相手にさほど重っ苦しさを感じさせないのも彼の人柄であった。

話しているうち、対馬守の数代前の先祖に、例の「雪の日やあれも人の子樽拾い」の句があったことを知ると万兵衛は驚き、かつ非常に感心して、対馬守にその句を書いてくれといった。しかも色紙などではなく白絹に書くことを求め、どうするのかときくと、甚だ申しわけないけれど、いつも腹に巻いている新しい晒《さら》しの腹巻の中におさめて身から離さぬようにしたいという。——彼の心はよくわかった。

それだけにこの男が——実に穏やかなこの男が、仕事上の辣腕《らつわん》はともかく、犯罪者に対し、時によってはどうしてあれほど鬼神のごとき誅戮を加えることが出来るのかふしぎであった。

そのことについて、ふと対馬守にきかれて、

「悪いことをしたやつは罰せねば、この世の道が立ちませぬ」

と、万兵衛は、当然至極のことを当然至極の顔でいった。

それにしても、同じ悪事をしてもばかに寛大な扱いをすることがあるというではないか、という問いには、「はて、そんなことがありましたかな?」とけげんな面持をしていたが、やがて思い当ったらしく、

「厳しいか、寛大かは存ぜず、私としては町の者どもが、お上《かみ》のなさることにまちがいはない、と安心して暮してゆける気持を持てるように、それのみを考えております

る」

と、いった。

そんな問答を交してから、数日後のある小春日和《びより》の午後、安藤対馬守は数人の供だけつれて忍びの他出中、雑司《ぞうし》ケ谷《や》に近い路上で、駕籠の中から、ふと往来を歩いているる笊ノ目万兵衛の姿を見た。どうやら一人ではないようだ。七十ばかりの老女と、うら若い妻と、三、四歳の男の子の手をひいていた。彼の家族らしい。

対馬守は駕籠をとめさせた。

呼ばれて、万兵衛は驚き、それからあわてて膝《ひざ》をついた。

「どこへゆく」

「は、折よく非番でござりまするゆえ、老母の寺詣《まい》りの供を」

そのまえに彼は家族に、駕籠のおかたが寺社奉行さまであると伝え、老女も妻もひざまずいている。老女は町同心の母とは思われないほど品がよく、妻はこれまた万兵衛の妻とは見えないほど美しく、年さえ離れてまだ可憐《かれん》と見える女であった。幼い子供はむろん愛くるしかった。

「よい家族持ちじゃの」

と、対馬守はにこやかにいった。

「恐れいってござりまする」

珍しく万兵衛は恥じたように顔を赤らめたが、すぐに何やら思いついたらしく、

「お奉行さま。先だって私めに仕事の上の心構えについて御下問でござりましたがな。どうしてあのようなことをお尋ねになったかと、あとで拙者思案したのでござりまするが」

といって、にっこりと笑った。

「どうやら私は、あそこにおりまするあの家族のために働いておりまするようで」

「ふむ？」

「つまり、あの家の者どもが不倖《ふしあわ》せになるような世の中であってはならぬ――それは、ほかのだれであろうと同じこと、御奉公の大根《おおね》の考えが、そこから発しておるようでござりまする」

「左様であるか。――いや、人間ならばさもあるべきじゃ」

対馬守はうなずいた。感動した表情であった。

「わかった。よう孝行せいよ」

別れてからも対馬守は、あの鬼同心に感じられていた、鉄石《てっせき》の魂と、ものの哀れを知る心がそこから出ていたのかとはじめて腑《ふ》におち、駕籠の中でいつまでも微笑して

いた。

三

人の目に見える以上に時の潮は暗転し、幕府に悲劇の破局は迫っていた。

安政四年六月、ハト派の阿部伊勢守は病死し、五年四月、タカ派の井伊掃部頭《かもんのかみ》が大老の地位についた。ついでにいえば寺社奉行の安藤対馬守もその八月、三十九にして若年寄に抜擢《ばってき》されている。

同じ八月に、京から水戸へ攘夷の密勅《みっちょく》が下り、これを機に井伊大老は一挙に公儀に弓ひく不逞《ふてい》のやからの弾圧に踏み切った。

世にこれを安政の大獄というけれど――この国事犯のうち、遠島とか追放とか押込《おしこめ》とかの罪に処せられた者七十余人という数はともかく、首謀者として死刑となったのは八人に過ぎない。その八人の中に吉田松陰とか橋本左内とかがふくまれていたのは、これればかりは量刑過重だが、それにしてもわずかに八人である。明治のいわゆる大逆事件でさえ、もっと不当な裁判で十二人の人間が死刑になっているのである。その是非はともあれ、事実として同種の罪で、比較にならないほど多数の者が極刑を受けた例は、東西の歴史にかぎりがない。のちに勝海舟が「氷川《ひかわ》清話」で、憮然《ぶぜん》として、「大獄というが、罪は軽いヨ」といったのも一理はある。

ただ、この断獄が下される前に、幕府から水戸藩へ密勅を提出せよという命令が伝えられ、水戸はこれに抵抗した。このときこの命令を持って水戸藩の江戸屋敷へ使いしたのは、若年寄となったばかりの安藤対馬守で、言を左右にする水戸側に叱咤《しった》した言辞が水戸の君臣を激昂《げっこう》させたが、対馬守のほうもただならぬ覚悟をすえていた証拠だ。やすやすと勅諚《ちょくじょう》を渡してなるかと、水戸本国からもおびただしい水戸侍が江戸に押し出して来た。安政六年五月のことである。

藩のほうではさすがにこれを必死にくいとめたが、むろんその制止の網をくぐって江戸に入って来る連中は少なからずある。これに薩摩屋敷のほうも呼応して、江戸には不穏の気がみなぎった。すでに彼らは主家への迷惑を怖《おそ》れて身分を捨て、浪士として動いている。

笊ノ目万兵衛は躍然として立った。彼はむろんあらゆる幕臣と同様に——その中でも最も確乎《かっこ》たる信念をもって、不審の挙動を示す浪人どもを、片っぱしからひっくった。

そしてその夏、果然彼の信念の凄《すさま》じさを如実に示す悲劇が起った。

深川佐賀町に、井伊家お出入りの大工の棟梁父子《とうりようおやこ》があった。そこへ一夜、五人の覆面の浪士が押入り、井伊邸の絵図面を出せと迫った。老棟梁はむろん、そんなものはないと断わった。

「しからば書け」

と、一人がいった。

「長年出入りの大工ならば、繕いその他のことで井伊の屋敷の建物の配置はことごとく知っておるはずだ。知らぬとはいわせぬぞ。それを書いてもらおうか」

そして、もう一人が、息子のほうを隣室につれ去って、これも同様のものを書けと命じた。

そこには息子の女房、五つになる女の子が縛りあげられ、女の子は火のつくように泣きさけんでいた。浪士たちのぶら下げている刀はまだ血にぬれていた。押入ったとき、抵抗しようとした大工の若い弟子二人を斬《き》り倒した名残りだ。あと二人は表口と裏口で見張りをしていた。

棟梁親子に別々に絵図面を書かせると、浪士たちはその二枚を見くらべて、

「ちがう。ちがうぞ！」

と、吼《ほ》えた。

この浪士たちが何のために井伊家の絵図面など求めるのか、その目的はいわずとも察せられる。長年出入りしている大工として、そんな要求がきけるものではない。そこでどちらも、それぞれごまかして書いたのだが、たちまちそこを突っ込まれてしまったのだ。それのみか。——

ふるえながら二度、三度と書き、ようやくそれが符合するや、

「こやつ、手を焼かせおってふといやつだ」

と、棟梁を斬り、狂気のごとくしがみついて来る息子の方も袈裟《けさ》がけにしてしまった。もっとも彼らは、絵図面云々《うんぬん》のことを外部に知られないため、はじめから一家みな殺しにするつもりでいる。

斬られた者のさけびより凄《すご》かったのは、あけられた襖《ふすま》越しにこれを見ていた若い女房の悲鳴であった。

「やかましい、そいつも早く片づけろ」

一人があごをしゃくったとき、階下の表口で見張っていたもう一人が、

「おいっ。……この家は、役人たちにとり囲まれているぞ！」

と、ただならぬさけびをあげた。

二階の男が障子戸を細めにあけて、外を見下ろし、舌打ちをした。この大工の家は

大川端に、しかも町家《まちや》とはちょっと離れて一軒だけ立っていた。その三方の、往来はもとより材木などおいてある空地などに、夜ではあったがたしかにうごめくおびただしい影や十手《じって》が見えたのだ。裏は、大川だ。

彼らは知らなかったが、はじめ押込んだ直後、ちょうど外から帰って来た、息子の妹で十六になる娘が異常を感じて逃げ出し、彼らが大工親子に絵図面など書かせている間に、捕方《とりかた》のむれが手配されていたのであった。

「灯《ひ》を消せ」

と、浪士の一人がうめいた。

二つほどともされていた行燈《あんどん》が消され、女房はいよいよ恐ろしいさけびをあげた。

「うるさい。そいつも斬ってしまえ」

「こやつ——どうやら気が狂ったようじゃぞ」

と、そのときまで女房を押えていた男がいった。

「なんだと？」

そのとき、外でも絹を裂くような女のさけび声が起った。

「助けてやっておくんなさい！　父《ちゃん》や兄《あに》さんを殺さないでおくんなさい！　お願い——嫂《あね》さんやはるも。——」

むろん、こちらに対しての声ではない。味方の捕方に対しての哀願だ。はるというのは女の子の名らしい。それに対して、

「待て、しばらく待て」

と、低いが、野ぶとい制止の声が聞えた。これまたあきらかに捕方に対してだ。

大工の娘の必死の願い――彼女はむろん父や兄がもう殺されてしまっていることは知らない――を受けて、捕方をとめ、むずかしい顔で仁王立ちになっているのは笊ノ目万兵衛であった。

たまたま彼は、このちかくの自身番に見廻りに来ていて、娘の知らせを受けたのだ。手配が早かったのはそのためであった。――が、このときに限って、笊ノ目万兵衛が指揮をとったために、それからの経過をかえって難しいものにしてしまった。

彼は捕方を制止したまま、その一夜を明かしてしまったのである。それどころか、その翌日も夕暮ちかくなるまで、そのまま動かなかった。――

そのひるごろから、「おなかがすいたよう、おなかがすいたよう」という胸をかきむしるような女の子のさけびが聞えていたが、やがてひいひいというかすれたような泣き声に変り、それも絶えてしまった。

「お米がないんです。ちょうどなくなって、あたいがお米屋さんにたのみにいって帰

ったところだったんだから」

と、娘はいった。

「そうか」

万兵衛はしかし愁眉《しゅうび》をひらいた。

「腹がへれば、悪党たちも降参するだろう」

たしかに強盗たちも空腹に閉口して来たらしい。しかし彼らは、万兵衛の予想の裏をかいた行動に出た。――日暮ちかくになって、昨夜から戸をしめ切ったままのその家の戸口から、ふらふらと一人の女が現われた。

「……や？　あれは？」

捕方がどよめいた。

大工の若い女房であった。髷《まげ》は崩れ、きものは乱れ、半裸にちかい姿で、ふらふらと幽霊みたいに往来へ出て来たが、その眼はうつろであった。首に笊《ざる》をぶら下げ、笊の中には何やら書いた紙片が入れてあった。

「この女にむすび三、四十持たせてかえせ。ほかの人間来ることならぬ。いうことをきかなければみな殺しにするぞ。子供の首もきるぞ」

万兵衛はそれを読み、使いとなった女房が、発狂――少なくとも一時的精神異常を来《き》ているいることを知った。何を聞いてもただ涙をながすばかりで笊を指さし、そしてつかまえていなければ、家のほうへとって返そうとするのである。敵はそれを見込んでこの女を連絡に出したらしい。

「やむを得ぬ。むすびを作ってやれ」

と、彼は命じた。周囲から不満のどよめきがあがった。

「万兵衛、何をしておる？」

背後から声がかかった。与力たちをつれた池田播磨守が立っていた。——この騒ぎのことはむろんすでに前夜から報告されていたが、いつまでも片づかぬと知って、町奉行みずから出馬して来たのである。

笊ノ目万兵衛はお辞儀し、人数もわからぬ盗賊のために大工一家の者がとらえられていること、強盗が浪士風で、家人の一人を斬ったらしいことは逃げた娘が目撃したが、あとの人間の安否は不明で、いま向うから食糧を求めて来たことなどを報告した。

「で、それをつかわそうというのか、たわけめ。そんなことより捕方を早くかからせろ」

「大工一家の者の命がなくなります」

「この際、やむを得ぬ。たかが大工どもではないか」

「一家を殺しては、何のために曲者《くせもの》を誅戮《ちゅうりく》するかわけがわからなくなります」

万兵衛は毅然《きぜん》としていった。

「しかも、その中には五つの幼児もおるとやら。——断じてこれを殺すことはなりませぬ」

そこに、むすびが来た。万兵衛はそれを竹の皮にくるませ、風呂敷《ふろしき》につつんで女の背に背負わせた。

「早ういってやれ。まず子供にやるのだぞ」

「左様なことをして、いつまで待つつもりか」

ふらふらとまた薄暮の亡霊みたいに戻ってゆく女房のうしろ姿を見送りながら、町奉行は歯ぎしりの音をたてた。

「万兵衛、もはや我慢ならぬという訴えでわしは来た。わしもまた我慢がならぬ。公儀の威光を何と思うておるか。これで万一とり逃しでもして見よ、腹を切っても追っつかぬぞ」

「いえ、あそこは完全にとり囲んでおります。たとえ何日かかるにせよ、ひっ捕えるのは時の問題で」

「ばかめ、やがて日が暮れる。夜までに捕えるか、斬るかせい。おまえがやらぬなら、わしみずから下知《げじ》を下すぞ！」

「しばらく、しばらく。——」

万兵衛はしゃがれ声でいった。さすがにその顔は苦悩にやつれて見えた。

「しからば拙者、いま一工夫を思いつきましたゆえ、いましばらくお待ち下されい」

そして彼は、傍《そば》の若い同心に何やらささやいた。同心は妙な顔をしていたが「一刻をも争う。早ういってくれ！」と叱咤されて、韋駄天《いだてん》のごとく駈《か》け去った。

黄昏《たそがれ》の色が漂いかけたころ、同心とともに一梃《ちょう》の駕籠《かご》が駈けて来た。砂けぶりをあげるホイホイ駕籠だ。中からころがり出したのは、万兵衛の女房と男の子であった。男の子はちゃんと袴《はかま》まではかせられていた。

「あなた、万太郎に何の御用でございます？」

あえぐ妻を、

「待て」

と、制して、笊ノ目万兵衛はまた大工の家の方を見た。

先刻のように、また大工の女房が笊を首から下げて出て来た。強盗からの二度目の連絡であった。

「日がくれたら、大川から家の裏へ舟を一つ寄せろ。船頭は残してやるが、子供だけはつれてゆく。この件きかぬか、舟やそのほか追って来るなら子供を殺すぞ。きけば、子はどこかの陸《おか》にあげておく。返事をもたせて、この女はすぐに返せ」

敵も考えたものだ。おそらく大川から海へ出て、欲するところへ上陸するつもりだろう。うまい脱出の法を思いついたものだが、それというのも人質の策が、どうやらよほど効くものと見通したようだ。

あとになってみると、子供だけ、というのは精神錯乱したその母を除けばあとはみな殺しにしていたからだが、しかしこの場合、これだけで何より痛切な脅迫であった。

――いままでの万兵衛ならば。

「やはり、万太郎を呼んでよかった」

と、彼はうなずいて、呼んだ。

「万太郎」

息子の名だ。まだ五、六歳、まんまるい眼に父親ゆずりの気丈さがかがやいているようにも見えるが、顔そのものは母親そっくりの愛くるしい子供であった。

「おまえ、このおばさんといっしょにあの家へいってな。――」

「な、何をなさるのです」

若い母はぎょっとしたようであった。呼ばれてここへ駕籠で駈けつける途中、傍を走る同心から事情はよく聞いたに相違ない。——何が起っているか、身の毛もよだつ恐ろしい場所へ、子供を一人でやるなんて！

「あの家にいるおじさんたちにいえ。坊をおいて、女の子は、このおばさんと外へ出してくれれと。——わかったか？」

「うん」

父に頭をなでられて、子供はあどけなくうなずいた。

「もしおじさんたちが、おまえどこの子だときいたらの。坊のお父《とう》は、八丁堀同心、笊ノ目万兵衛だといえ。そういえるな？」

「うん、いえる」

「万兵衛、馬鹿《ばか》なことはすな。さ、左様な返事をすれば、その子のほうがただではすまぬぞ」

早駕籠が来て以来、狐《きつね》につままれたような顔をしていた町奉行も、このとき吐胸《とむね》をつかれたようにせきこんでいった。

「そのために伜《せがれ》を呼んだのでござります。……もはやかく相成っては、最低あちらに捕えられおる子供の命だけは助けてやらねばなりませぬ。その代りに、この子をやる。いや、まさかかような幼児をどうともいたしますまい」

そして、笊の中の紙片に矢立をかりて、「承知した」と書くと、万太郎の肩に手をおいた。

「あちらにゆくと、ちょっとこわいことがあるかも知れん。しかし、おまえは天下の同心の子じゃ。お父は、よい人の命を助けるのがお役目じゃ。坊も人の命を救え。わかるな？」

「うん、わかった！」

「では、ゆけ！」

ふらふらと歩き出した大工の女房のほうへあごをしゃくると、小さな万太郎はそのあとへついて歩き出した。二度、三度、それでも不安そうにこちらをふり返りながら。

――

「わたしも参ります」

茫然《ぼうぜん》としていた万兵衛の妻が、そのあとを追おうとした。

「ならぬ。余人がいっては何もかもぶちこわしになる」

万兵衛はむんずとひき戻した。

「おまえも、人にはいささか知られた町同心笊ノ目万兵衛の女房ではないか。町の子を助けるために同心の子を使うのは当然のことじゃ。それでこそ、町の衆は、御公儀を信じてくれるのだ！」――

大工の女房と万太郎は、その家の中に消えた。

十分ばかりたった。手に汗握るような時間であった。――やがて、そこからまた女房が出て来た。その手に、かすれた泣き声をたてる女の子の手を引いていた！

笊ノ目万兵衛はにこっとして、夕空を仰いだ。

「お、日が暮れるな」

「舟を――舟を支度させねばならぬのではないか？」

池田播磨守のほうが気をもんで、うろうろと眼をさまよわせた。

「いや、舟は無用でござる。まさか、きゃつらを逃すわけには参りませぬ」

「なんじゃと？」

「もはや、あの母子を救い出した上は――残りの男どもは男ゆえ、いま少し辛抱してもらうこととして、拙者、曲者どもを捕えて参る。手に余れば斬ります」

万兵衛は決然としていい、捲羽織《まきばおり》に色のさめた朱房の十手をぶら下げて歩き出した。

町奉行は仰天してさけんだ。

「万兵衛、一人でか。――曲者は、何人おるかわからぬぞ！　だれか、つれてゆけ。捕方の者はあれほどもみにもんでおるではないか。――」

「いや、大勢の者がおしかけては、それこそ危のうござる。子供の命さえ保証出来ませぬ。ただ、一人ならば」

笑顔すら残して、彼は大工の家に入っていった。

数分して――あるいは、命を刻むようなその時間は、もっと短かったかも知れない――家の中で、数匹の獣の吼《ほ》え合うようなさけびがつづき、やがてしーんと静まり返った。

「ゆけ、早くゆけ！」

奉行はついにたまりかねて絶叫した。捕方たちは殺到した。

そして彼らは、家の中の修羅地獄を――階段の上から下へかけて、血雪崩《ちなだれ》を打って斬り落されている五人の凶漢の屍骸《しがい》を発見したのである。それからまた大工たちの――それはずっと前に惨殺《ざんさつ》されたものであることがやがてわかったが――屍骸をも、はじめて発見したのである。浪士たちがそこに押込んだのは、井伊邸の絵図面を求めてのことであったことも、血にまみれて落ちていたその図から、そのときにはじめてわかった。

そういうことを知る前に、町奉行は往来で立ちすくんだ。

家の中から、子供を両腕に抱いた笊ノ目万兵衛が出て来るのを見たのだ。彼の眼は黄昏の光にうつろにひらき、彼の足は黄昏の雲を踏んでいるようであった。その両腕のはしから、がっくりと垂れた愛児万太郎の頭からも足からも、雨のように血潮がしたたり落ちていた。

石のように佇《たたず》んでいた妻はこのとき地に倒れた。

四

ついで秋になって、笊ノ目万兵衛にとって第二の悲劇が起った。

そのころ万兵衛は、よく品川東禅寺《とうぜんじ》にかよっていた。井伊の開国方針により、六月からアメリカ公使ハリスが麻布《あざぶ》善福寺に駐在し、イギリス公使オールコックが品川東禅寺に駐在していたのだが、危険分子がこれを狙《ねら》うおそれがあるというので、若年寄安藤対馬守の密命を受けて、彼は東禅寺界隈《かいわい》の見廻りのために、しばしばそちらへいっていたのである。

そして秋のある夕方、八丁堀に帰って来たところ事件にぶつかった。――

夏から秋へかけていよいよ大獄の断罪が下されはじめてから、大老のみならず幕府の高官を狙う群や個人が少なくなかった。とくに町奉行の池田播磨守は不逞《ふてい》浪人の検挙に鉄腕をふるったから、その危険性は他に倍していたのだが、果然、その一人で、以前に奉行を襲いかけてすでに指名手配まで受けている水戸の郷士稲田安次郎なるものが、八丁堀の油屋に潜伏しているという密告があったのだ。

あとで知れたことだが、彼は偽名をつかい、かつ妻と称する女といっしょであったので、油屋は何も気づかず、その離れを貸していたのである。ともあれ、かつて町奉行を狙ったこともある危険人物が、町奉行のお膝下《ひざもと》の八丁堀にひそんでいる——という密告を受けて、奉行所では驚いた。それで三人の与力が十数人の同心手先をつれて急行し、踏み込んだのだが、あわてていたせいか、これは彼ら自身にとっても不用意な行動となった。

店に入って、ねじり鉢巻《はちまき》で油樽《あぶらだる》を運んでいた若い奉公人に、

「当家の離れに、稲田安次郎という男がおるか」

と、与力の一人がきき、相手がくびをかしげているのにいらだって、

「離れはどこだ」

と、たたみかけた。

指さす方向へ、裏口から庭へ出ようとした彼らは——六、七人の一団であったが——ふいにうしろに異様なひびきをきき、ふりかえると同時に頭から、ざあっと液体

を浴びせかけられた。

「おれん、蠟燭《ろうそく》をつけろ」

と、いう声が聞えた。

いったのは、いまの鉢巻の男であったが、液体が油で、それはその男が運んでいた油樽のかがみをぬいて浴びせかけたのだ、ということがわかるまでに、二、三分はかかった。それほど彼らは仰天したのだ。

そのあいだに、やはり店で働いていた若い女の一人が戸棚《とだな》から蠟燭をとり出して、火打石で火をつけて、彼の傍に走り寄っている。

「動くな、動くと、この火をつけるぞ」

やっと事態に気づいて、躍りかかろうとした与力は、油にすべって尻《しり》もちをついた。

それより早く、男はその傍へ飛んで、燃える蠟燭をふりかざしている。

「火をつけりゃ、火達磨《ひだるま》だ」

店にはむろんあとにつづこうとした手先たちや、亭主や奉公人や、二、三人の客もいた。これまた油を浴びせられた役人たちに劣らずびっくりして立ちすくみ、いったい何事が起ったのかまだよくわからない顔が大半であったが、わからないなりに、このとき二人ばかりが外へ転がるように逃げ出し、あとの連中もわっと騒ぎかけた。

「騒ぐな、みな一足も動くな。いうことをきかぬと火をつけるぞ」

男はふりむいて叱咤《しった》し、その硬直したむれの中に亭主の顔を見つけると、

「御亭主、相すまぬ。こんな迷惑をかけるとは思わなかったが、こっちにとってもまったく不意討ちだったのだ。――これからどうするか、考えるまで一歩でも動いてもらっては困る」

と、いい、それから女に、

「もっとふとい薪《まき》に一本、火をつけて来い」と、命じた。

彼らはむろん、目あての水戸郷士稲田安次郎らであった。まさかこれが指名手配の浪士であろうとは知らず、おとなしそうなこの浪人夫婦の請《こ》いにまかせて、油屋の亭主は二人に店の手伝いをしてもらっていたのである。

妻のおれんが、燃える薪を持って来た。すぐ傍には油樽が山型に積んであり、土間にはもう油が流れているし、薪から落ちる火の粉が人々の肌を粟立《あわだ》てた。

そこで夫婦は何やら短い会話をかわした。その結果「これからどうするか、考えた」ことを二人が実行に移したわけだが、それは彼らからすれば壮絶といっていい法であった。

女が残ったのである。燃える薪をつかんで。

そして男は、二樽目のかがみをぬいてもういちど、そこに濡《ぬ》れた海坊主《うみぼうず》みたいになって立ちすくんでいる役人たちにざあっと浴びせかけておいて、土間で口をあけていた亭主の女房の腕をつかんで外へ出た。

往来では、群衆が騒いでいた。さっき逃げた二人ばかりの傭人《ようにん》の悲鳴で、みなこの油屋の異変を知ったのだ。場所柄だけに、逮捕に来た役人とは無関係な役人も通りかかっており、ちょうどそれがつかつかと店へ入って来ようとするところであった。

それとすれちがうようにして、犯人はのれんをくぐって出た。

「のぞくだけ、のぞいて見ろ」

と、彼は笑った。

「与力たちが、油壺《あぶらつぼ》から出て来たようにしんとんとろりと濡れておる。もっともみんな面《つら》からみると、槍《やり》の権三《ごんざ》どころか、四六の蟇《がま》だがな。しかし、それ以上一足でも入ると、みな火焔《かえん》不動になるぞ」

役人たちは中をのぞいて、のれんの下で棒立ちになった。

「さて、おれはこの内儀をつれてゆく。どこかで返す。内儀が帰って来るまで、みな動くな。動くと、おれの女房が火をつける。おれのあとを尾《つ》けて手を出すやつがあったら、お気の毒だが内儀に死んでもらう。内儀が帰って来なかったら――暮六ツのお城の太鼓が鳴るまでに帰って来なかったら、みな不動さまになるものと覚悟してくれ。わかったか？」

左手で油屋の女房の腕をつかんだ男の右手には、ピカリと匕首《あいくち》がきらめいた。それよりも、自分が世話したこの病身らしい若い浪人の化物《ばけもの》のような変貌《へんぼう》ぶりに、油屋の女房はなかば気死したようであった。

暮六ツのお城の太鼓といえば、もう二十分もしたら鳴るだろうか。しかしこの男は、それまでにこの内儀を人質にして逃げおおせるつもりにちがいない。――

彼は女をひきずるようにして、群衆の中を突っ切って、弾正橋《だんじょう》のほうへ遠ざかっていった。――橋を渡り、迷路のような日本橋の町家の中へ逃げ込むつもりと見える。

呪縛《じゅばく》されたような群衆の中に、笊ノ目万兵衛がいた。彼はそのとき、ちょうど品川東禅寺から帰ったばかりであった。しかも彼は、たまたまそこでふるえていた男から、

「――あっ、旦那《だんな》！　大変なことになった」

と、声をかけられたのである。それは逃げ出したばかりの顔見知りの油屋の小僧であった。小僧は歯の根もあわぬ調子で右の異変を告げ、

「お客の中に、たしか旦那のおふくろさまが。――」

と、さけんだのだ。

万兵衛ほどの男がこんな変事の報告を受けて金縛《かなしば》りになってしまったのは、まずそのことについての驚愕《きょうがく》であったといっても、彼を責める者はなかろう。ほとんど顔色を変えたことのない彼が土気色《つちけいろ》になっていた。

かりに急に油が要ることになっても、本来なら女房が来るはずなのだが、実は彼の妻は、この夏、子供の万太郎を破れかぶれの狂刃《きょうじん》の犠牲に捧《ささ》げてから、半病人のようになっていたのだ。それで老母が出て来たものと見える。――

「……とにかく、火消しを呼べ。急いで、出動させてくれ」

と、万兵衛は傍の若い同心にささやいた。

彼は何を考えたのか。彼はまだ何も考えてはいない。

稲田安次郎がお尋ね者であることは、むろん万兵衛は承知していた。それが眼の前でこんな不敵なふるまいをして逃亡しようとするのを、絶対に見のがすことは出来ない。が、彼を捕えようとすれば、あの内儀が無事ではすまぬ。

内儀が帰って来ないとなると、あと二十分以内に六ツの太鼓が鳴り、安次郎の妻が火をかけるという。油だらけになった与力たちに。――与力たちばかりではない。油屋に閉じ込められた、自分の母をふくむ人々がどうなるか、想像するだけでも身の毛がよだつ。

笊ノ目万兵衛が土気色になってしばし立往生したのもむりはない。しかも、時は刻々迫るのだ。

しかし――きっと稲田安次郎の消えた方角をにらんでいた万兵衛のからだが、さっと鋼鉄のような線にふちどられると、彼は駈《か》け出した。彼の意志はきまったのである。掘割にかかる弾正橋を渡ろうとしていた稲田安次郎は、うしろから地ひびきたてて迫って来る跫音《あしおと》をきいてふり返った。

「待て、稲田」

万兵衛は橋のたもとに立ちどまった。稲田安次郎は凶相になった。

「来るか？　追って来たら、この女、ふびんながら刺し殺すぞ。刺し殺せば、油屋のほうも。――」

「おれは八丁堀の笊ノ目万兵衛じゃ。知っておるか？」

「やっ――笊ノ目――ううむ、志士たちを片っぱしから狩りたてる鬼がうぬか」

万兵衛はいきなり十手を捨て、大小を捨て、捲羽織の衣服をかなぐり捨てて、下帯一つの姿になった。

「これでうぬをひっ捕える。男なら、女より先におれにかかって来い！」

彼は大手をひろげて歩み出した。

ちょっと気をぬかれたようにこれを眺《なが》めていた稲田安次郎は、近づいて来る徒手空《くう》拳《けん》の万兵衛に、にやっとゆがんだ笑いを見せた。

「あっぱれ――といいたいが、鬼同心、その手にはかからぬ。暴虐《ぼうぎゃく》なる幕府に対し、おれの志をとげるためには、御用学者のひねり出した武士道など捨てる覚悟をしておるのだ。それに、おれの女房もどうせ死ぬ」

そして彼は、傍にもう亡霊みたいに立っている油屋の女房の頸《くび》に横から匕首を突き立てた。

「これで、与力たちの命はなくなったものと思え。――むろん、うぬの命も」

倒れる女房をうしろ足で蹴《け》って、血刀をにぎってこの非情な志士は、万兵衛めがけて躍りかかって来た。

油屋の女房の悲鳴よりも、その刹那《せつな》万兵衛は恐ろしいさけびをあげていた。彼は犯人と相搏《あいう》った。その手には、しっかと相手の匕首をつかんだ腕をとらえていた。

夕焼けの下で、数分間の格闘ののち、笊ノ目万兵衛は肩で息をしながら、橋の上に立っていた。その足もとには、絞め殺された稲田安次郎の屍《し》体《たい》があった。

鬼同心は使命を果した。しかし、しくじった。倒れた油屋の女房はこと切れていた。絞め殺された犯人の顔には、冷たい笑いが凍りついていた。放《ほう》っておけば、油屋は火の海となるのだ。

笊ノ目万兵衛は二つの屍骸を捨てたまま、橋のたもとの大小と衣服を小脇《こわき》にかかえてまた走り出した。もとの油屋のほうへとって返したのである。

このときすでにあたりに鳶口《とびぐち》を持った火消し人足が、近くの屋根の上にもちらほらと見え、龍吐水《りゅうどすい》までひきずり出しているのを見ると、彼は同心に指示しておいて、裸のまま下帯に大刀だけぶちこみ、十手をくわえ、どこかに消えた。

数分後、その姿が、夕映えも暗い油屋の屋根の上にあらわれた。天窓を探しているらしい。——そのとき、お城から太鼓のひびきが伝わって来た。六ツだ。

土間に、燃える薪を持ったおれんはなお立っていた。これまた病身らしく見える女であったが、容姿は美しく、この場合それは凄艶《せいえん》を極めた。

——いったいこの女は、油屋の女房が帰って来なかったときはもちろんのこと、もし帰って来たとしても、そのあとどうするつもりだったのであろうか。いずれにせよ、彼女は無事ではすまないはずだ。

その通り、おれんは死を決している。自分の命は捨てて、志士たる夫を逃そうとしているのだ。その行動がそれなりに壮絶だといったゆえんである。

近所の屋根に聞えはじめた物音は、どうやら火消し人足らしいと知って、彼女はうす笑いを片頬に彫った。油屋の中に虜《とりこ》となった人々は、依然半失神状態で立っている。

——

やがておれんは、六ツの太鼓の音を聞いた。

おれんの顔に、一瞬、絶望の影が走った。油屋の女房は帰って来ない。夫の逃亡は失敗したのだ。夫は死んだのだ。——この苦痛にみちた思いは、おそらく彼女の感覚をも一瞬鈍らせたのであろう。おれんはそのとき頭上の一角に、天窓があけられたのに気がつかなかった。

「太鼓が鳴った。終りだ。みんな、死んでもらおうか」

彼女が燃える薪を高くふりかざし、恐ろしい笑顔になったとき、突如その薪が土間に落ちた。天窓から飛んで来た一本の十手がその手首を打ったのである。

おれんは、そこからつづいて裸の男の影が飛び下りて来るのを見た。苦痛に顔をゆがめつつ、しかし彼女は電光のごとくしゃがんで、落ちた薪を拾いあげようとした。手首の骨は折られていた。左手でつかんだ。その姿勢を、光芒《こうぼう》が赤い血の糸で二つに分けた。

驚くべし。——両断されながらこの志士の妻は、なお燃える薪を、眼前にひとかたまりになっている夢遊のむれに投げつけると、血と油の海の中へがばとひれ伏した。

名状しがたい叫喚があがった。

最初からそこに油びたりになって佇《たたず》んでいた一団は、そのまま炎の大塊《たいかい》と化したのだ。

髪も焼け、手足に火傷《やけど》した笊ノ目万兵衛が、混乱して逃げ出そうとした奉公人たちに踏み倒されて気を失った老母をひっかかえて、燃える油屋からよろめき出して来たのは数分間のちのことであった。

五

十日ばかりのち、笊ノ目万兵衛は閉門を命ぜられた。油屋の一件におけるその処置適当ならずという罪によってである。

油屋が炎上したのは、その家だけで消しとめられたが、実に危険なことであり、その上、奉行所から逮捕に向った一団のうち七人が、みな焼け死んだ。その中に与力が三人も混っていたのが特に問題となったのだ。

しかも、あとで万兵衛が長嘆したという。

「油をかけられた衆は、十手をあずかりながら、あのときまで何をしておったのじや」

この批判と、彼が自分の母だけは死物狂いに助け出したことが、上層部の反発を買ったらしい。死んだ与力たちの遺族への斟酌《しんしゃく》もあった。たいていの事件は万兵衛にまかせきりの町奉行池田播磨守も、この処置には沈黙していた風であった。

笊ノ目万兵衛の真の悲劇は、むしろそのあとに来た。あの炎の中から救い出された老母が、晩秋の一夜自害したのである。書置きがあった。

「……お上にあらがう大それた悪人の妻でさえ、夫のために死ぬ働きをいたしましたのに、天下の同心の母が老体とはいえかえって足手まといになり、そのあげく与力衆は亡《な》くなられましたのにわたしは助け出されたこと、お上にも御先祖さまにも申しわけがござりませぬ。さりながら伜《せがれ》万兵衛、このたびのお咎《とが》めは当然のことながら、母の眼から見ても、ただ今のお役目を果たすだけのために生まれて来たような男、一日も早う働かせれば、それだけ御公儀のおためになると存じます。老母の命にかけて、一日も早く閉門の儀おゆるし下さいますよう、生々世々《しょうじょうせぜ》お願いつかまつります」

という意味の遺書であった。

この書置きを見て、真っ先に笊ノ目万兵衛の閉門をゆるすことを強硬に主張したのは若年寄の安藤対馬守であった。

「まったくこの通りじゃ。あれがいなくては、江戸の治安はどうなるかわからぬ」

それはだれも認めざるを得ない事実であったから、万兵衛の罪はまもなく許された。

それどころか、数日後、安藤対馬守は忍びで八丁堀の万兵衛の組屋敷を訪れて、

「当方のあやまちで、御老母を死なせてしまったことを許せ。そのおわびをかねて、わしにも線香をあげさせてくれい」といった。一介《いっかい》の同心の家に若年寄が来るなど破格を越えたことである。万兵衛とその妻はつっ伏した。

仏壇には、新しい位牌《いはい》が二つならんでいた。一つの位牌は小さかった。

それに香を焚《た》いて。——

「万兵衛、眼をどうした?」

と、対馬守はさっきから気にかかっていたことをきいた。万兵衛は眼をとじて、まるで盲のように見えたからである。

「伜が死にましたとき、女房は涙のためにいっとき眼がつぶれました」

と、彼は苦笑を頰に彫って答えた。

「それを不覚な、と拙者叱《しか》りましたが、こんどは拙者の眼が同様に相なりました」

対馬守は声をのんだ。彼の脳裡《のうり》に、いつか見た小春日和《びより》の日のこの一家の幸福な影像が浮かんだ。

笊ノ目万兵衛は、しかし微笑した。どこか寂寥《せきりょう》の翳《かげ》のある笑顔ではあったが、力のこもった声でいった。

「しかし、殿。……万兵衛の眼はすぐにあきます。死んだ母のためにもあかねばなりませぬ」

万兵衛の眼はほんとうにあいたのか。あいても一同心の力などではいかんともすることが出来ない時の潮であったか。

年を越えて春三月三日、桜田門にふりしきる雪の中に、大老井伊直弼《なおすけ》は討たれた。水戸浪士はついに陰惨な目的を達したのである。

ついで安藤対馬守がそのあとをついだ。正確にはその一月に老中に列していたが、大老の突如たる横死によって、彼が直接外交の任に当ることになったのだ。この時点において最も国家の運命を左右するのは、開国の実行を迫るハリスやオールコックと交渉する役目であったから、実質的には彼が老中首席といってよかった。

大老を葬《ほうむ》り去った攘夷《じょうい》の凶刃《きょうじん》は、なお闇黒《あんこく》の風を起していた。

その年の十二月五日、午後九時ごろ、アメリカ公使ハリスの秘書兼通訳のヒュースケンが、赤羽根《あかばね》の接遇所から騎馬で麻布善福寺へ帰る途中、四、五人の刺客に襲われた。むろん日本側の護衛はついていたのだが、ヒュースケンは脇腹を斬《き》り裂かれて、その夜のうちに絶命した。

そして幕府は、闇《やみ》の中に遁走《とんそう》した下手人たちの捜索に全力をあげたが、ついにこれは不明であった。

「日本政府は何をしているのか？」――ハリスの追及にあって、対馬守は苦しんだ。

一日、対馬守に呼ばれた万兵衛は、この老中の苦悩のうめきをきいた。

「いま異人を手にかけることは、老中を殺すことより国難を呼ぶことがわからぬか、馬鹿者《ばかもの》どもめ、むしろこの対馬守を刺してくれたほうがよいに。――」

それをきいて、万兵衛は身を切られる思いがした。町奉行の池田播磨守や四、五人の与力も呼ばれていたが、その中にただ一人、同心の自分が入っていることは、いかに対馬守が自分を信頼しているか明らかであり、全身が責木《せめぎ》にかけられるようであった。

そのとき対馬守はまたいった。

「それで、ハリスもいった。本国へ報告のこともある。もしどうしても下手人がつかまえられなければ、万やむを得ぬ、江戸の牢獄《ろうごく》にある死刑囚のうち何人かを下手人として処刑しては如何と。――支那の広東《カントン》で、イギリスの水兵が殺されたとき、支那がそうしたという」

「お、それは名案。——」

ひざをたたく町奉行を、対馬守はにがり切った眼で見やった。

「わしは答えた。国と国との交際は信義をもととする。左様な詐謀《さぼう》をもって一時の紛擾《ふんじょう》を糊塗《こと》するがごときふるまいは、日本国としてはいさぎよしとせぬ——とな。ハリスは黙って、二度と左様なことは口にせなんだが」

対馬守を仰ぐ万兵衛の眼には感嘆のかがやきがあった。

六

年を越えて、安藤対馬守の努力はつづいた。前門の虎《とら》、黒船に乗った外国公使たちの高圧的な脅迫と、後門の狼《おおかみ》、攘夷《じょうい》の迷信にこりかたまった京都や水戸の煽動《せんどう》に対してのたたかいである。それは戦場よりももっと苦渋にみちた死闘といってもよかった。

笊ノ目万兵衛の不屈のたたかいもつづいていた。この文久元年に入って、春ごろまでに、彼が検挙した不穏分子は二十余人を越える。いずれも脱藩した志士たちで、この一筋縄《なわ》では行かない連中を、一人でこれだけ逮捕したのは、まさに鬼同心としかいいようがないが――しかし一方で、さすが彼はどこか空《むな》しさをも禁じ得なかった。

捕えても捕えても――あのような大獄のあとというのに――地から湧《わ》き出して来るような不逞《ふてい》のやからは無限かとも思われ、その大地そのものが盛りあがって来るような気がした。彼以外の与力や同心はもっとそのぶきみな風に恐怖を感じており、はっきりいって桜田の凶変以来、奉行所は表面の強面《こわもて》とはうらはらに、内部では明らかに動揺の色を見せていた。剛腹《ごうふく》な奉行の池田播磨守すらその色があった。

その中で、実質的に勇戦力闘しているのは、ただ万兵衛一人といっていいほどであった。彼をふるいたたせている炎は、法と秩序を護《まも》る、それが町の民に対する最低限度の国家の義務だという信念だけであった。

春になって彼は重大な情報をつかんだ。不逞浪士たちが、品川東禅寺にあるイギリス公使館を襲う計画をめぐらしているらしいのだ。

以前からそんな風評はちょいちょいあって、万兵衛も警戒していたのだが、アメリカの通訳ヒュースケンの暗殺以後、イギリス公使館もいちじ横浜へ逃げていたこともあって、しばらくその危険は去っていた。しかしこの一月末からまた東禅寺へ帰って来て、それ以来二百人を越える幕兵に護衛されているにもかかわらず、無謀なる浪士たちはこれを襲撃する陰謀をたくらんでいるらしい。

四月の終りまでに万兵衛は、それが事実であることをたしかめた。彼はその計画者たちにさえ逢《あ》った。

彼らは品川の虎屋《とらや》という女郎屋に出入りすると見せかけて、東禅寺を偵察《ていさつ》していた。近くの居酒屋で謀議の飛火した気焔《きえん》をめらめらとあげていた。

むろん、東禅寺のことなどを口にするわけはないが、時局に対する慷慨《こうがい》――とくに、閣老安藤対馬守の「弱腰」に対する悲憤はよくもらした。その一人などは安藤を「売国奴」とさえ呼んだ。

あやうく万兵衛は憤怒《ふんぬ》の眼色になるところであったが、よく抑えた。

万兵衛は彼らといっしょに酒さえ飲んだ。八丁堀の笊ノ目万兵衛といえば、志士の敵としてその名を知らない者はないはずだが、この時代のこととて、まだ彼の手にかかったことのない浪士の大部分は、彼の顔を見たこともなかったのだ。そしてまた万兵衛が、むろん捲羽織《まきばおり》であるわけもなく、くたびれた浪人姿をしていたが、それ以外に大した変装もしないのに、顔つきまでちがって、言葉もみごとな薩摩《さつま》訛《なま》りで話したのである。

話してみると、実に単純でいい若者たちばかりであった。これ以上夷狄《いてき》のいいなり放題になっていることは亡国への道を歩むことだ、印度《インド》を見よ、阿片《あへん》戦争を見よ、とさけび、その国難を未然に防ぐためには命を鴻毛《こうもう》の軽きにおいているのである。彼らは売国奴安藤対馬守の斬奸《ざんかん》をさえほのめかした。

万兵衛は、若い志士たちのうち、少なくとも二人の実名さえつかんだ。古野政助と称しているがほんとうは水戸人の黒沢五郎、相馬千之亮《せんのすけ》と名乗っているがやはり水戸人の高畑房次郎である。

それでも万兵衛は手を下さず、なお彼らを泳がせていた。二百人以上の護衛兵に日夜警備されている東禅寺を襲う以上、少なくとも数十人の一味があると見て、これをいっせいに根こそぎ検挙するつもりからであった。

彼は、春から五月にかけて、ほとんど八丁堀に帰らなかった。奉行からはしきりに報告を督促して来たが、彼はまだはっきりしたことをいわなかった。一網打尽の見込みがつくまえにもらして、それが浪士側にも伝わって彼らを霧散させた経験が二、三度あったからだ。このごろは奉行所の内部にさえ、何かうろんくさい空気が出て来たようであった。

東禅寺襲撃者はなんと十四人の決死隊、日時は五月二十八日の夜。——と、彼がついにつきとめて、これにまちがいなし、と断定したのは、五月二十五日のことであった。そして、まさに八丁堀へ勇躍してひきあげようとしたときに、彼にとって第三の悲劇が訪れたのである。

いれちがいに奉行所から若い同心がやって来て、

「御内儀が誘拐《ゆうかい》されたことを御存知か」

と、伝えたのだ。

さしもの万兵衛も色を失った。唇をふるわせて、

「知らぬ、いつのことだ？」

と、さけんだ。

「いつさらわれたのか奉行所のほうでもわからぬが、きのうの夜奉行所に投文《なげぶみ》があったのが発見されて、笊ノ目万兵衛の妻を雑司ケ谷の陀経寺にとらえてある。身柄《みがら》を返して欲しければ万兵衛ただ一人やって来い、余人が近づけば人質は殺害する――ということだ」

同心の答えるのも万兵衛には悠長《ゆうちょう》なものに聞えた。

それは、おとといだ、と彼は心中にさけんだ。二十四日は、おととしの夏殺された一子万太郎の命日であった。あれ以来、ほとんど家の外に出ない妻は、ただその子と姑《しゅうとめ》の命日の日だけ、月に二度、笊ノ目家の菩提《ぼだい》寺のある雑司ケ谷のお墓に詣《まい》りにいくのを例としていた。どんな雨の日でも、風の日でも。――

彼は宙を踏む思いで、八丁堀に馳《は》せ帰り、妻のおふくのいないことを確認し、奉行所に駈《か》けつけた。

「万兵衛、先刻も安藤対馬守からお問い合せがあったが、東禅寺のほうはどうじゃ？」

これが彼を迎えた池田播磨守の第一の声であった。

「それは後刻御報告つかまつります」

さすがに万兵衛は怒りの眼で見て、奉行にいった。

「拙者の女房のことでござりまするが」

「おお、それよ」

奉行は公務にまぎれて失念していた小事を思い出した風で、きのうの朝の投文を見せ、かつ数人の手先を雑司ケ谷にやって見張らせていることを伝え、

「とにかく、人質の身に過《あやま》ちがあっては困る。早ういってやれ」

と、いった。

笊ノ目万兵衛は若い同心を一人つれ、馬で雑司ケ谷へ駈けていった。馬上なのに、彼は足で走っているよりもあらい息を吐いていた。まったくこういうことがあり得ることに気がつかなかった自分の迂闊《うかつ》さと、こんな行為に出た人間の卑劣さに対して、憤怒に全身を熱くしながら。——おふくの身に何が起ったか、何が起りつつあるか、

それを考えると、逆にからだじゅうが冷たくなるようであった。

陀経寺というのは、彼の家の菩提寺ではなかった。廃寺であった。それは山門も朽ち落ち、墓石も累々《るいるい》と倒れて、ただいちめんに吹きなびく初夏の青草の中に、これまた半分倒壊したような陰惨な本堂の姿を見せていた。

「待て、そこでとまれ」

まだだいぶ距離があるのに、そこから声がした。縁側に人影が立って、こちらに呼びかけた。

「八丁堀同心、笊ノ目万兵衛よりほかの人間は来ることは相ならぬ」

といって、その男は刀を抜いた。覆面をしているが、浪士風だ。

「近づけば、人質を斬るぞ」

「人質を見せろ」

と、万兵衛は声をしぼった。

「おれが笊ノ目万兵衛じゃ」

「お。——」

向うは、覆面のあいだの眼をひからせ、ややのびあがって、

「おまえか。なるほど。——」

と、いって、ふりかえった。

「おうい、笊ノ目がついに来たようじゃぞ。人質を出して、見せてやれ」

雨戸の裂目のような暗い中から、やっと覆面の男二人が、女を両側からひきずりあげるようにして現われた。まぎれもなく、髪は乱れ、きものは乱れ、白蠟《はくろう》のような肌《はだ》をあちこち見せた妻であった！

「おふく！」

と、万兵衛はさけんで、二、三歩走りかけた。

「近づけば斬る、と申しておるのがわからぬか！」

破《わ》れ鐘《がね》のような声が返って来た。刀身が動いてひらめき、妻の胸に擬せられるのを見て、万兵衛はたたらを踏んで釘《くぎ》づけになった。おふくは、そのまますするとまた内へひきずり込まれていった。

「たわけ、かようなことをして何とする？」

万兵衛は肩で息をしていった。

「天下の奉行所に敵対してどうしようというのじゃ。すでにこの寺のまわりはとり包んである。しょせん、逃れることは出来ぬではないか」

「そんなことは承知の上だ。そちらが天下の奉行所なら、こちらは天下の志士じゃ。

死を覚悟せずしてこんなことに乗り出したと思うか。ただし、こちらが死ぬときは、むろんうぬの女房は道づれだぞ」

「ひ、卑怯《ひきょう》な！　女を。――」

「女でも、志士十万の敵、鬼同心笊ノ目万兵衛の女房とあれば殺し甲斐《がい》があろうというものだ。しかも、うぬの犯した罪の天罰、うぬのため殉じた同志の復讐《ふくしゅう》として、らくには死なせぬ。なぶり殺しだ」

万兵衛は戦慄《せんりつ》し、声をのんだ。

「三日目じゃ」

相手は冷たい笑いのひびきさえ残していう。

「遅いではないか。少々、当方も焦《じ》れて、がまんの緒が切れるところであったぞ。いままで何をしておったのじゃ？」

「御用あって出かけ、知らなんだのだ」

万兵衛は痛恨の声をもらした。

「東禅寺へいっておったのか」

と、向うは聞いて来た。万兵衛ははっとしていた。

「うぬの面《つら》を見るのははじめてだが、音に聞えた笊ノ目万兵衛が東禅寺のまわりを嗅《か》ぎまわっておる――という情報は耳にしておる。それでわれらも乗り出したことだ」

　万兵衛は、自分がすべてをつかむまでは奉行にさえ報告することを控えていたのが正当であったことを知った。が――こやつらは、そこまでは知っている！　これを如何《いかん》せん。――

「どこまで探った？」

「…………」

「探ったことを、どこまで奉行に伝えた？」

「…………」

「何でもいい。とにかく、今月の終りまで、奉行所を動かすな。おまえの手でじゃ」

「…………」

「それを約束し、かつそのように実行されたことが確認されたら、女房は帰してやる。約束せい！」

「そんな約束は出来ぬ」

　万兵衛はうめいた。

「公儀の役人が、うぬのような凶賊の指図は受けられぬ」

「そうか。――」

うす気味の悪い声が消えたかと思うと、数分して、寺の中で、たまぎるような女の悲鳴が聞えた。万兵衛は躍りあがった。

「待て、殺しはせぬ。——来れば、殺す」

凄《すさま》じい声とともに、白日の虚《こ》空《くう》に血の糸をひいて、白いものが一本飛んで来て、万兵衛の足もとに落ちた。肘《ひじ》から断ち切られた女の生腕《なまうで》であった。

「当方が本気で交渉しておることを見せつけてやったまでじゃ。……白状しておくが、こちらには医者上りの者もおる。むざとは死なせぬから、あわてるな」

「おれをやれ」

切断された腕を拾いあげ、万兵衛は胴ぶるいしながら身をもみねじった。

「おれがそこにゆく。おれをつかまえて、斬るなり焼くなりせい。女房は返せ！」

「おまえはいかん。おまえにはいまいった通り、奉行所を押えてもらわねばならぬ用がある。——聞くか？」

「聞く。奉行所は、おれが押える」

万兵衛はついに絶叫した。彼は大地に尻餅《しりもち》をついていた。

つかんでいる片腕は、みるみる血色とあたたかみを失いながら、哀れにぶるぶるとふるえていた。——まぎれもなく、おふくの腕だ。

おふくは、彼とは十七も年のちがう若い妻であった。公務に忙殺され、かつ、いつ命を失うかも知れぬと考えて妻帯に意のなかった彼が、母の願いにまけてもらった女房だ。それも万兵衛らしく、彼女は、実は彼がまちがって捕え、獄死させた或《あ》る男の遺児であった。事情があって他家の養女となっていたおふくはそういう事情は知らない。万兵衛も何も語らない。しかし彼は、自分のやった仕事の中で、ただ一つ誤った例だと悔いている無実の死囚の遺児として、彼女にふかく責任を感じた。そしてまた、決して母の願いや彼の責任感によるばかりでなく、おふく自身が、その容姿のみならず、実に可憐《かれん》な性質の持主であった。いつぞや万兵衛が対馬守に、「私の働くのはあの家族のため」といったとき、彼の見つめていたのはこの女房の姿であった。

そのおふくが、何の罪でこのような惨刑《さんけい》を受ける？　いうまでもなく、この笊ノ目万兵衛の妻となったからだ。すでにおととし子供を父の職務のいけにえとして、彼女のはらわたをちぎれさせているのに、この上、この女をまさかなぶり殺しの目に遭わせることが自分に許されようか。

「条件が変った」

覆面の志士は冷笑した。

「そちらの態度がよろしくないから、新たに条件が加わった。約束を守るか否《いな》か、うぬの誠意を見るために、もう一つ要求をする。……いまこちらより竹に巻いた紙を投げる。それに十人の名が書いてある。みろ、いま伝馬町《てんまちょう》の牢《ろう》につながれておる志士の名じゃ。それを即刻釈放せい」

「なに？」

「一刻以内にその人々を牢から出してここへ寄越せ。そうすれば、おまえの誠意と力量を信じる」

そして万兵衛のところへ、竹に巻いた紙が投擲《とうてき》された。——いま条件が変った、といったが、すでにそんなものが用意してあったところを見ると、はじめからこういうことを要求するつもりであったことは明らかだ。

「きくか、きかぬか。——否、ならば、もう一本腕をやる」

「待て、待ってくれ！」

万兵衛は灼熱《しゃくねつ》の鉄に置かれた獣みたいにはねあがった。

「その願い、ここでしたためて、奉行所にやろう。同心を一人呼んでよいか？」

「許す」

相手は傲然《ごうぜん》とうなずいた。

万兵衛は遠くにいた同心を呼び、矢立と紙をとり寄せ、事情をしるした手紙を託した。

別紙にある罪囚を釈放することを奉行に請《こ》い――かつ、口上で、後日万兵衛、解きはなったやからをいのちをかけて再逮捕するつもりでござれば、今日の儀、これまでの万兵衛の手柄に免じ、万障を押しておゆるし相成りたい、と伝えさせた。書き、かつしゃべる彼の手も口も幽霊のようにわななき、妻の片腕の血でも頰についたか、ながれる涙は血いろに見えた。

「馬でゆくのだぞ！」

同心はこれも蒼《あお》ざめて駈け出した。

無心の蝶《ちょう》さえ舞う夏の廃寺に劫苦《ごうく》の一刻が過ぎた。

一刻、さらにだいぶ過ぎて、蹄《ひづめ》の音が聞え、同心一人だけが馬から下りるのが見えた。彼はさっきよりも、もっと蒼い顔で歩いて来た。

彼はひくい声でいった。

「お奉行さまは、御公儀の面目にかけて、左様なことは相成らぬ、笊ノ目万兵衛は気でも狂ったか、と仰《おお》せられてござる」

万兵衛の手から、つかみつづけていた片腕が落ちた。

そして彼は、寺の方へ歩き出した。それはすでにこの世の人間の顔色ではなかった。

歩み方も、白日の下に、水の中を漂うようであった。

――いったい追加した条件がきかれなかったら、浪士たちはどうするつもりであったのか。そこでもはや断を下して、人質に第二の刃《やいば》を加えたかどうかは疑問である。しかし、万兵衛はそこまで考える気力を失っていた。彼の忍耐力は極限に達していたのだ。さっきから、おふくのうめき声さえ聞えないではないか。――

近づいて来る万兵衛を見ては、何を考えていたにしろ、浪士側に新しい交渉を起すいとまはなかった。何よりも万兵衛の顔色が、最後の時が来たことを彼らに通告した。

万兵衛は、廃寺の縁側に上った。躍りかかって来た浪士の一人をそこで斬《き》り落した。彼は本堂に入った。そして、中で、三人の浪士を大根のように斬った。

おふくは、胸を刺されて死んでいた。

五月二十八日の夜、品川東禅寺を十四人の浪士が襲撃した。そして二百余人の護衛兵と乱闘の末、代理公使オリファント、長崎領事モリソンを傷つけ、幕兵三人を殺し、数人に重傷を与えたが、襲撃側も三人殺され、二人が負傷して捕えられ、二人が追いつめられて腹を切って死んだ。大惨劇である。

そして、半分の七人は血路をひらいて逃亡した。

「笊ノ目。――」

安藤対馬守から失態を叱責《しっせき》され、罷免《ひめん》を申し渡されて逆上した奉行は、その日、万兵衛を呼びつけて叱咤《しった》した。

「おまえは、この挙のことを知らなんだのか？」

万兵衛は、何も奉行に告げなかったのである。彼はただ平伏した。

「おまえは春から東禅寺へいって、何を探索しておったのじゃ。笊ノ目万兵衛ともあろう者が、言おうようなき怠慢沙汰《ざた》、この役立たずめ！」

万兵衛は一語も弁解せず、依然として寂《じゃく》とひれ伏しているばかりであった。

七

年を越えて文久二年一月十五日。

「増訂武江年表」によれば、「正月元旦《がんたん》雪ふりつもり尺に余る。廿日《はつか》ごろまで消えず」とあるから、おそらく江戸の大地にはなお雪があり、その雪を吹く風は蕭々《しょうしょう》として冷たかったことであろう。

ちょうど式日で、やがて閣老安藤対馬守の登城の行列が通りかかる直前——坂下門めがけて急ぐ七つの影があった。

笠《かさ》の下の顔の中に、去年五月東禅寺を襲い逃亡した水戸浪士黒沢五郎、高畑房次郎があったと、知る者が知ったら、あっと仰天したであろう。

いや、知る者はあった。七つの饅頭《まんじゆう》笠の下に、八丁堀同心笊ノ目万兵衛の顔があった。しかし、若いテロリストにまじってただ一人、やや年をとったその顔は、驚きどころか、沈痛でひたむきで悲壮な、同じような決死の色に凍りついていた。

そもそも彼は、どうしたのか、どこでかつて自分が追った水戸浪士たちとまた知り合い、どうしてこの叛逆《はんぎやく》の挙に加わったのか。——

すべては謎《なぞ》である。

冒頭にも記したように、襲撃者は全滅した。井伊大老の例にかんがみ、対馬守はえりぬきの剣士三十余名をもって駕籠脇《かごわき》をかためていたのである。

その中で、駕籠に一刀を突っ込み、対馬守を傷つけたが、その刹那《せつな》背後から供方の乱刃《らんじん》を受けて殺されたという男の顔をあとで見て、対馬守は信じられない表情をした。

屍体《したい》を改めると、晒《さらし》の腹巻は鮮血に染まり、そこに巻きこまれた白絹に文字が残っていた。見憶《みおぼ》えのある十三の文字のうち、乾いて黒ずんだ血痕《けつこん》のためか、一字だけ違って、次のように読めた。

「雪の日やおれも人の子樽《たる》拾い」

この屍骸のことは、永遠に伏せられ、坂下門外の変の刺客はただ六人ということになった。

編者解説

縄田一男

本書『主命にござる』は、〈組織と人間〉をテーマに選んだアンソロジーである。

このテーマはただでさえ重いものであるにもかかわらず、ここに封建期の〈主命〉というものが重なれば、ことは命のやり取りに及びかねない。

その意味で、ここ何年間かで私が選んだアンソロジーの中では最もシビアなものとなっていよう。読者諸氏もとくと御覚悟召されよ。

○「錯乱」（池波正太郎）

巻頭の一作の主人公は公儀という組織の末端に属する隠密《おんみつ》である。

松代《まつしろ》藩主・真田《さなだ》信幸《のぶゆき》のもとへ幕府から送られてきた父子二代の隠密――その父が子にいう、「笑いを絶やすな。どんな人間にも、お前の人柄を好まれるようにしろ。何事にも出しゃばるなよ。――中略――どの人間からも胸のうちを打ち明けられるほどの男になり終《お》せるのだ。よいか……よいなあ」「……そういう人間になることは、切なくて、それは淋《さび》しいものだぞ。覚悟しておけいよ」という台詞《せりふ》の中に、戦乱の世を離れてなお、逆説的残酷さの中を生きる隠密の姿を見事に描き切った作品といえよう。

そしてラスト、所詮《しょせん》、隠密などは組織の歯車の一つとばかりに主人公を襲う〈錯乱〉と狂気——池波正太郎は、この名篇によって遂に念願叶《かな》って、第四十三回直木賞の栄誉に輝くことになる。

○「佐渡流人行《るにんこう》」（松本清張）

女の嫉妬《しっと》はまだ可愛《かわ》いいが、真に怖《おそ》ろしいのは、組織の中における、男が男へ向ける嫉妬であろう。

主人公・黒塚喜介《くろづかきすけ》が己の妻と弥十郎《やじゅうろう》という男の仲を疑い、弥十郎＝後の弥十を無実の罪で牢《ろう》へ送り、さらには佐渡へ追いやる、という権力を持つ者の持たざる者へのドス黒い嫉妬が、この物語の発端である。

そしてあろうことか、自分も上役ともども佐渡へ渡り、弥十を亡《な》き者にしようとする。

かつて山本一力は、清張をミステリーの巨匠であるとしつつも、そのモチーフの一つは「男の嫉妬だと思うんです。嫉妬は人が持っている負のエネルギーなんだけれども、その負を負だとわきまえて前に進めるようになれば、嫉妬だって正のエネルギーになるんだ、ということを反面教師的に教えてくれます」と卓見を述べたことがある。

どうやら作中人物たちには、その声は届かなかったようだが――。

○「小川の辺《ほとり》」（藤沢周平）
「ゆえにこれは、そなたに相談をかけておるわけではない。主命だぞ」（傍点引用者）

――主人公・戌井《いぬい》朔之助《さくのすけ》が家老・助川権之丞《ごんのじょう》から命じられたのは、「無残といえば、まことに無残」な上意討ちに等しいものであった。

ことの発端は、朔之助の義弟・佐久間森衛が藩主に農政手直しの抜本的な上書を提出したことによった。藩主は決して暗君ではない。

しかしながら、その自尊心は痛いほど傷つけられ、結果、佐久間とその妻、すなわち、女ながらに剣の名手である田鶴《たず》＝朔之助の妹は脱藩するに至った。

小説には必ず影の主人公というものがいるものだが、本篇におけるそれ――若党の新蔵が、ここに登場、討手の旅を共にすることになる。

新蔵は田鶴に対する禁断の記憶を持っており、まったく別個の〈小川の辺〉での出来事に読者はやっと安堵《あんど》することであろう。

○「兵庫頭《ひょうごのかみ》の叛乱《はんらん》」（神坂次郎）

ユーモア時代小説の名手として知られる作者の、一種、凛冽《りんれつ》の気に打たれる逸品である。三代将軍家光の治下、〝狼《おおかみ》を鷲走させるには、狼の巨魁《きょかい》になるしかない〟といって由井正雪の計画に応じた南竜公頼宣《よりのぶ》もさることながら、万一事露見の際に備えて、ありとあらゆる布石を打っておいた家老・牧野兵庫の深謀遠慮の凄《すさ》まじさはどうであろうか。

私はここにユーモアを封じた時に生じる神坂次郎作品の、肌に粟《あわ》を生じるような戦《せん》慄《りつ》を見る。

一人、主家を退転、人びとの罵声《ばせい》をよそに幽閉所に凝然とすわりつづけた兵庫の姿は余にも捨て身であり、粛然として男子の鉄腸をひきしめずにはおかない。そして、それ故に只《ただ》ならぬ殺気の如《ごと》きものを感じるのは私ばかりではないだろう。

君臣の絆《きずな》の何と恐るべきことか——。

○拝領妻始末（滝口康彦）
組織と人間、あるいは主命という観点からとらえても実に理不尽な物語である。藩主の側室をいったんは下げわたされながらも、その側室の産んだ子が世継ぎとなったことから、彼女を藩主に返上させられるよう命じられた父子の命懸けの抵抗劇である。

理不尽を強いられる父子の「たとえ火の雨が降ろうといちは戻さぬ」と権力の側に立つ者の「その情を、あくまでも押し通せる武士の世界ではないこと、おてまえもご承知の筈《はず》」の台詞の何と対照的なことか。

滝口康彦は、何故《なぜ》、封建時代の侍の話ばかり書くのかという問いに、彼らにはそういう生き方しか出来なかったから、と答えたことがあり、「特権階級の武士の世界をとりあげながら、彼はその中に人間の生き方のひとつの縮図を見ており、現代の管理社会における人々の感情や意識とも共通する問題をえぐり出している」（尾崎秀樹《ほつき》）と評価される。

○「笊《ざる》ノ目《め》万兵衛門外へ」（山田風太郎）
私は山田風太郎の短篇の中から一作を選べ、といわれたら、間違いなくこの一篇を推す。

主人公の笊ノ目万兵衛という愚直なまでに一徹な同心が、安藤対馬守信正《つしまのかみのぶまさ》のおぼえめでたかったにもかかわらず、いろいろな事件の中で不条理な目に遭い、最後はとうとう坂下門外の変の刺客に加わっていたという物語である。

ラストまで読むと意味がわかるのだが、「――門外へ」（傍点引用者）という題名から、最後に刺客に加わるまでの万兵衛の心情をまったく書かず、彼の行動を客観的にとらえるだけで、安藤対馬守がかつて万兵衛に贈った俳句のたった一文字を変えることで、この男の万感の思いのすべてを描き切る。

これぞ、天才、山田風太郎をして成せる業でなくて何であろうか。

本書のラストを飾るにふさわしい一篇としてここに選んだ次第である。

以上六篇、時代は過去にとってあるものの、作品に共通するテーマ――嫉妬や理不尽――は現代にも通有するものばかり。

人間とは、いつまでたっても負の感情を捨て切れぬ生き物なのかもしれませぬな。

（平成二十七年三月、文芸評論家）

底本一覧

池波正太郎「錯乱」（新潮文庫『真田騒動　恩田木工』）
松本清張「佐渡流人行」（新潮文庫『佐渡流人行』）
藤沢周平「小川の辺」（新潮文庫『闇の穴』）
神坂次郎「兵庫頭の叛乱」（新潮文庫『兵庫頭の叛乱』）
滝口康彦「拝領妻始末」（講談社文庫『一命』）
山田風太郎「笊ノ目万兵衛門外へ」（小学館文庫『時代小説アンソロジー3　武士道』）

表記について

新潮文庫の文字表記については、原文を尊重するという見地に立ち、次のように方針を定めました。

一、旧仮名づかいで書かれた口語文の作品は、新仮名づかいに改める。
二、文語文の作品は旧仮名づかいのままとする。
三、旧字体で書かれているものは、原則として新字体に改める。
四、難読と思われる語には振仮名をつける。

なお本作品集中には、今日の観点からみると差別的表現ととられかねない箇所が散見しますが、著者自身に差別的意図はなく、作品自体のもつ文学性ならびに芸術性、また当該作品に関して著者がすでに故人である等の事情に鑑み、原文どおりとしました。

（新潮文庫編集部）

池波正太郎・平岩弓枝・松本清張・山本周五郎・宮部みゆき 著

親不孝長屋
―人情時代小説傑作選―

親の心、子知らず、子の心、親知らず――。名うての人情ものの名手五人が親子の情愛を描く。感涙必至の人情時代小説、名品五編。

池波正太郎・宇江佐真理・乙川優三郎・北原亞以子・村上元三 著

世話焼き長屋
―人情時代小説傑作選―

鼻つまみの変人亭主には、なぜか辛抱強い女房がついている。長屋や横丁で今宵も誰かが世話を焼く。感動必至の人情小説、傑作五編。

池波正太郎・山本一力・北原亞以子・山本周五郎・藤沢周平 著

たそがれ長屋
―人情時代小説傑作選―

老いてこそわかる人生の味がある。長屋を舞台に、武士と町人、男と女、それぞれの人生のたそがれ時を描いた傑作時代小説五編。

池波正太郎・乙川優三郎・五味康祐・宇江佐真理・山本周五郎・柴田錬三郎 著

がんこ長屋
―人情時代小説傑作選―

腕は磨けど、人生の儚さ。刀鍛冶、火術師、蕎麦切り名人……それぞれの矜持が導く男と女の運命。きらり技輝る、傑作六編を精選。

池波正太郎ほか著
縄田一男編

まんぷく長屋
―食欲文学傑作選―

鰻、羊羹、そして親友……!? 命に代えても食べたい、極上の美味とは。池波正太郎、筒井康隆、山田風太郎らの傑作七編を精選。

池波正太郎・古川薫・童門冬二・荒山徹著
北原亞以子・山本周五郎
末國善己 編

志士
―吉田松陰アンソロジー―

大河ドラマで話題！ 吉田松陰、高杉晋作、久坂玄瑞、伊藤博文……。松下村塾から日本を変えた男たちの素顔とは。名編6作を厳選。

池波正太郎
山本周五郎
滝口康彦
峰隆一郎
山手樹一郎 著

素浪人横丁
―人情時代小説傑作選―

仕事もなければ、金もない。あるのは武士の意地ばかり。素浪人を主人公に、時代小説の名手の豪華競演。優しさ溢れる人情もの五編。

池波正太郎
山本周五郎
菊地秀行
乙川優三郎
杉本苑子 著

赤ひげ横丁
―人情時代小説傑作選―

いつの時代も病は人を悩ませる。医者と患者を通して人間の本質を描いた、名うての作家の豪華競演、傑作時代小説アンソロジー。

安部龍太郎著

血の日本史

時代の頂点で敗れ去った悲劇のヒーローたちを描く46編。千三百年にわたるわが国の歴史を俯瞰する新しい《日本通史》の試み！

安部龍太郎著

信長燃ゆ
（上・下）

朝廷の禁忌に触れた信長に、前関白・近衛前久の陰謀が襲いかかる。本能寺の変に至る一年半を大胆な筆致に凝縮させた長編歴史小説。

安部龍太郎著

蒼き信長
（上・下）

父への不信感。母から向けられる憎悪の眼差し。そして度重なる実弟の裏切り……。知られざる信長の青春を描き切る、本格歴史小説。

安部龍太郎著

下天を謀る
（上・下）

「その日を死に番と心得るべし」との覚悟で合戦を生き抜いた藤堂高虎。「戦国最強」の誉れ高い武将の人生を描いた本格歴史小説。

藤沢周平著

用心棒日月抄

故あって人を斬り脱藩、刺客に追われながらの用心棒稼業。が、巷間を騒がす赤穂浪人の動きが又八郎の請負う仕事にも深い影を……。

藤沢周平著

たそがれ清兵衛

その風体性格ゆえに、ふだんは侮られがちな侍たちの、意外な活躍！　表題作はじめ全8編を収める、痛快で情味あふれる異色連作集。

神坂次郎著

今日われ生きてあり

沖縄の空に散った特攻隊少年飛行兵たちの、この上なく美しくも哀しい魂の軌跡を手紙、日記、遺書から現代に刻印した不朽の記録。

松本清張著

松本清張傑作選

悪党たちの懺悔録

―浅田次郎オリジナルセレクション―

松本清張を文学史上の「怪物」として敬愛する、短編小説の名手・浅田次郎が選んだ、卓抜した人物造形とともに描かれた7つの名編。

松本清張著

松本清張傑作選

戦い続けた男の素顔

―宮部みゆきオリジナルセレクション―

「人間・松本清張」の素顔が垣間見える12編を、宮部みゆきが厳選！　清張さんの〝私小説〟は、ひと味もふた味も違います――。

松本清張著

松本清張傑作選

憑かれし者ども

―桐野夏生オリジナルセレクション―

甘美な匂いに惹かれ、男と女は暗闇へ堕ちてゆく。鬼畜と化した宗吉。社長秘書の秘められた貌。現代文学の旗手が選んだ5編を収録。

主命《しゆめい》にござる

新潮文庫　い－17－86

平成二十七年四月一日発行

著者　池波正太郎　松本清張
　　　藤沢周平　神坂次郎
　　　滝口康彦　山田風太郎
編者　縄《なわ》田《た》一《かず》男《お》
発行者　佐藤隆信
発行所　株式会社新潮社
郵便番号　一六二－八七一一
東京都新宿区矢来町七一
電話 編集部(〇三)三二六六－五四四〇
　　 読者係(〇三)三二六六－五一一一
http://www.shinchosha.co.jp

価格はカバーに表示してあります。

乱丁・落丁本は、ご面倒ですが小社読者係宛ご送付ください。送料小社負担にてお取替えいたします。

印刷・株式会社三秀舎　製本・株式会社大進堂

ISBN978-4-10-139732-0 C0193